[日]久石让·著

艾菁·译

久石让音乐手记

JOE
HISAISHI

北京联合出版公司
Beijing United Publishing Co.,Ltd.

图书在版编目（CIP）数据

久石让音乐手记／（日）久石让著；艾菁译.
北京：北京联合出版公司，2025. 1. -- ISBN 978-7
-5596-8079-2

Ⅰ．Ⅰ313.65

中国国家版本馆 CIP 数据核字第 202425DH69 号

北京市版权局著作权合同登记　图字：01-2024-5648

久石让音乐手记

作　　者：[日]久石让
译　　者：艾　菁
出 品 人：赵红仕
责任编辑：刘　洋

北京联合出版公司出版
（北京市西城区德外大街 83 号楼 9 层　100088）
北京联合天畅文化传播公司发行
北京美图印务有限公司印刷　新华书店经销
字数 160 千字　787 毫米 × 1092 毫米　1/32　10 印张
2025 年 1 月第 1 版　2025 年 1 月第 1 次印刷
ISBN 978-7-5596-8079-2
定价：68.00 元

前言

我是作曲家。

这充满自信、毫不迟疑的说法，简直和夏目漱石那句"吾辈是猫"一模一样。我如此肯定，是因为深信——作曲是我的天职。

一天开始时什么都还没发生，而当夜幕降临，已有一首全新的乐曲即将问世，只待我将它完成。这首乐曲，也许全日本甚至全世界都会听到。虽然，这样的情况恐怕不多。

我真心喜欢这个从无到有、创作音乐的工作。如果有来世，我希望自己还能成为一名作曲家。

作曲，是我的生命。但有时，我也指挥，也弹钢琴。特别是近几年，我比以往有更多机会指挥古典乐，这使我能再次认真面对古典乐。

"何谓名曲？"我曾问过解剖学家养老孟司①先生。先生答道："是那些被人们长久聆听的作品。"的确，那些经历漫长历史岁月，至今仍被人们聆听的经典名曲，每一首背后都有一个深邃的世界。每次读总谱，我都在一个个音符和记号中感受到人类的智慧与尊严。我愿把这样的感受传递给更多的人——以一种尽可能易于理解的方式，从一个作曲家的视角重新阐释音乐史。这是写作本书的目的之一。另一个目的是强调当代音乐的重要性和必要性。

如今，仅东京一地就有十多个专业交响乐团。其中大部分乐团轮番演奏的曲目是从古典派到晚期浪漫派这并不长的时间里问世的作品。每个乐团一年举办100场以上的音乐会，其选曲的雷同几乎到了混乱的程度。

---

① 养老孟司（1937— ），日本解剖学家、脑科学家，东京大学名誉教授。"唯脑论"者，认为人类社会的文化、传统、制度、语言、意识、心理无一不是与大脑这一器官的构造相对应而发展起来的。2009年9月，他出版了与久石让的对谈集《用耳朵思考》，从脑科学的角度与久石让探讨人为何会创造音乐、音乐在社会中的作用、什么样的音乐让人产生美感、名曲如何被人们接受等问题。——本书脚注为译者注，尾注为原书注

古典乐不是古典艺能[①]，古典乐应当承古启今、展望未来。我的观点是，要尽可能多地为听众演奏今天的音乐，演奏同时代创作的当代音乐。当然，也有乐团一直在坚定且充满勇气地这么做，但这样的努力，与庞大的音乐会的总量相比，不过是太仓稊米、沧海一粟。

作曲家方面也有不少问题，比如一味沉浸在自己的世界，不考虑听众和演奏者。如果一部作品演奏难度高，还不能引起共鸣，那么被人敬而远之也是在所难免。说到这里，我本人也不免阵阵心虚（笑）。

但是，如果不想把古典乐变成古典艺能，就必须演奏当代作品。这也是我拿起指挥棒的原因。我追求的并不是标新立异的先锋音乐会，而是在普通的节目单里让当代曲目和古典曲目并存，并自然地呈现给听众。我的愿望是把同时代的音乐直接呈现给听众。这本书记录了我做这些工作时的所思所想。

若本书让您感觉音乐离您又近了一步，这将是我作为作者的最大幸福。

[①] 古典艺能，日本自古就有的艺术和技能，如能乐、歌舞伎、狂言、和歌等，形式上注重传承和保持古代经典的样式。

目　录

第❶章　指挥

第❷章　呈现

第❸章　了解

第❹章　思考

第❺章　作曲

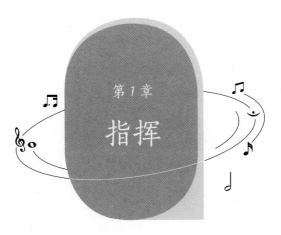

第 1 章

指挥

指挥贝多芬"第九"有感

最近，指挥古典乐的机会多了起来。2013年12月，我指挥读卖日本交响乐团演奏贝多芬[1]的《第九交响曲"合唱"》。对我而言，这部作品是我所接触过的所有音乐中的巅峰之作。

每到年底，日本很多地方都会演奏贝多芬的"第九"，但在海外，上演的机会却没有那么多。因为上演"第九"需要交响乐队、合唱团以及4位独唱，满足这些条件并不容易。而且作品难懂，演奏亦有难度。顺便提一句，得益于经常有机会演奏，我认为日本的交响乐团是世界上演奏这部作品水准最高的。

"第九"在日本为什么如此受欢迎？这是个有意思的问题。对交响乐团的乐手们而言，"第九"从来都有点儿发"年糕费①"准备过年的意味。这个话题深入下去，免不了要牵扯出日本人的精神构造以及"古典乐对日本人意味着什么"的话题，因此还是另寻机会细说吧。

"第九"是贝多芬晚年的作品，完成于他去世前3年的1824年，和《庄严弥撒曲》同一年首演。然而，随后"第九"似乎就被人们淡忘了。直到1831年，法国指挥家阿伯内克[2]倾倒于这部作品，并在巴黎重演。那次重演去掉了第四乐章，其他三章也没有按照原谱顺序演奏。即便如此，阿伯内克重演的"第九"还是深深打动了柏辽兹[3]和瓦格纳[4]这两位年轻音乐家的心。特别是瓦格纳，他1840年到访巴黎期间听了阿伯内克指挥的"第九"深受震撼，决心一定要亲自按照这部作品的原谱复演。1846年，已经成为德累斯顿宫廷乐团指挥的瓦格纳终于实现凤愿，人们这才真正开始重新认识"第九"的价值。如果没有"第九"，也许就不会有瓦格纳之后的乐剧，也不会有马勒加入人声的交响曲。

"第九"和《第五交响曲"命运"》一样，以苦

---

① 在日本，迎接新年少不了年糕。神龛前要供奉圆形的年糕饼，元旦一早还有全家人一起喝年糕汤的习俗。"年糕费"因此是"过节费"的委婉说法。

恼到欢喜的情绪变化作为作品结构的依据。这样的结构，容易使人体验到一种历经苦难后的释放感和净化感（katharsis）。贝多芬的"第五"和"第九"都采用这样的结构，清晰地表现了这种释放感和净化感。可以说，这两部作品完全契合了人类与生俱来的心理机制。从某种角度而言，"第五"和"第九"是鲜明单纯、直截了当的作品，但难点也恰恰在此。

亲身指挥之后，更体会到"第九"这部作品演奏之难。"第九"形式严谨缜密。前三乐章篇幅都很长，但在逻辑和结构上竟都无懈可击，堪称完美。演奏时就好像在一步一步攀登高山，登山者十分清楚自己到达了什么高度。乐曲中间并没有出人意料、令人叫绝的华彩，也没有可以让指挥发挥的地方，声音素材也减少到了最低限度。用做菜的原材料来比喻的话，就只有肉和卷心菜而已。从作曲的角度来看，全由分解和弦5构成，纯粹而彻底。贝多芬在第一乐章就把这种手法用到了极致。第二乐章和第一乐章的关系就像硬币的正反面，简洁而明快。接着，是美得如同天堂一般的第三乐章。对巴松管声部音高的精心安排等，作品处处都藏着作曲的奥妙，简直堪称"作曲的圣经"。

接下来的第四乐章，和浑然一体的前三乐章相比，会让人不由得对第四乐章是否真的不负盛名产生疑问。"第九"的最大特点就是第四乐章的合唱。我本人认为，第四乐章发挥出了贝多芬作为音乐制作人的潜能，加入了全新的"乐音"——人声。贝多芬是想在第四乐章打破前三乐章那种密不透气的苦闷，而交响乐队所拥有的"声音"都已用尽。正因为加入了人声，贝多芬创作出了音乐史上全新的作品。听众和作曲委托人也一定会为之兴奋——贝多芬也许顾及了这些因素。可见，作曲家也并非只是孤傲自许、目下无尘的。

而贝多芬对"人声"的处理完全是乐器化的——是"唱"而非"歌"。虽然歌词用了席勒的诗，却不是要表现诗歌的世界。合唱的开头部分用了贝多芬自己的词，席勒的诗也只是节选了一部分。

晚年，贝多芬为侄子卡尔的监护权纷争备感苦恼，又饱受耳聋困扰，在痛苦中走向人生的垂暮。正因如此，他作曲的愿望变得格外强烈。要写！必须要写！在强烈的创作冲动驱使下，贝多芬的思想开始涉及对人生的关怀，进而又上升到对人类的关怀。当他把这些思想和人类的"声音"一道写入"第九"，这部伟大的作品终于大功告成。

写到这里，不由得再次感慨，古典乐的背后是一个无比深邃广阔的世界。虽不像流行乐那样平易近人，但了解的越多，对古典乐的兴趣就会越浓厚，感受到的乐趣也会越来越多。

1　贝多芬（Beethoven）：1770年—1827年，出生于德国、活跃于维也纳的作曲家。古典乐派的集大成者，浪漫派先驱，给后世的音乐带来了深远影响。

2　阿伯内克（Habeneck）：1781年—1849年，法国指挥家、小提琴演奏家。在巴黎音乐学院交响乐团担任指挥长达20年。

3　柏辽兹（Berlioz）：1803年—1869年，法国浪漫派作曲家。代表作有《幻想交响曲》。

4　瓦格纳（Wagner）：1813年—1883年，德国作曲家。亲自创作剧本，为歌剧和乐剧作曲。为了上演自己的作品，还建造了拜罗伊特节日剧院。

5　分解和弦：亦称琶音和弦。指将构成和弦的各和音顺次奏出的奏法。

指挥古典乐之前的我

其实，我并非从小就喜欢古典乐。相比之下，还是接触传统歌曲和流行乐的机会更多一些。古典乐虽说也会听，但家里并没有那种一天到晚都在播放古典乐的氛围。

进入中学以后，我迷上了所谓的现代音乐，比如斯托克豪森[6]和约翰·凯奇[7]。考进音乐大学作曲系之后，我对现代音乐愈发着迷。

那时，我不仅没有认真对待过古典乐，甚至认为那些音乐陈朽过时、毫无价值。我要破旧立新，创作全新的音乐！——这样的念头无比强烈。也许是受到20世纪70年代所谓摇滚精神的影响，我认为有那份闲工夫去分析贝多芬和马勒[8]，还不如用来创作现代音乐。那时，我随便应付着大学里的功课，一门心思地搞现代音乐。所以说，在大学时代，我并没有认真学习过古典乐。

从20岁开始，我投身现代音乐，特别是其中的简约主义音乐（将声音素材减少到最低限度的音乐，创作者不断重复某个程式化的音型并且逐步减少其声音素材，从细微的变化中体会乐趣）。那时的我是一名先锋音乐作曲家，即所谓的"艺术家"。我组建了一支10人左右的即兴演奏团队，用简约主义音乐的图形谱（Graphic Notation，用图形作标记的乐谱，不同于一般的五线谱），在小型会场演出。

但最终，我放弃了这种音乐活动。因为现代音乐关注的始终是人们如何思考这一问题——敏锐地寻找对手的逻辑破绽，通过批驳对方，树立起自己的音乐理念。其焦点已不是音乐本身，只是徒有空洞的逻辑性罢了。现代音乐所做的一切，不过是在用音乐的方式寻求"音乐究竟是什么"这个问题的答案。至于谁会喜欢这样的音乐，大家都不在乎。渐渐地，我的心思逐渐疏离了现代音乐。那时，我差不多30多岁了。

简约主义音乐是指重复相似音乐结构的音乐，而在英国出现了洛克西音乐[9]这样的乐团和布莱恩·伊诺[10]那批人。在德国，电子流行乐（Techno Pop）的发电站乐队也逐步为人们所知。在我们还在不知道为了什么而争得不可开交的时候，那些人早就自由自在地做着自己的音乐。我意识到自己也该像他们那样才是。于是我不再写现代音乐，而是以Wonder City Orchestra（奇迹之城交响乐团）的名义，推出了第一张原创专辑*INFORMATION*（《信息》，1982年），迈入了流行乐界。

那时，我从没想过自己是一个作曲家。直到后来，偶然与动画电影导演宫崎骏[11]相识，担纲《风之谷》（1984年上映）的音乐制作。那一年，我33岁。这部作品的音乐得到了好评，那之后我便与电影音乐结下了不解之缘。

开始电影音乐的创作后，一开始我用的是电子合成器，后来慢慢有机会用弦乐器和交响乐队来演奏。特别是自《幽灵公主》（1997年上映）后，我开始用大型交响乐队来创作电影音乐。对于如何运用管弦乐队，古典乐里有很多范例。作曲家们竭尽才智和心血创作交响乐，经过漫长岁月的洗礼冲刷，流传至今的名曲浩如烟海，处处都蕴藏着创作交响作品的诀窍和奥秘。我这才开始后悔，要是在大学里多学点古典乐就好了。

研读总谱[12]，便可窥探到其中的奥妙。但是，要想把这些养料化作自己的血与肉，最好的办法还是亲自去指挥这些作品——亲自对交响乐队发出指令，让乐队奏响那些音符。这也是我开始指挥古典乐的缘由。基本动因是想对自己的作曲有所助益，全然没有想到的是，拿起的指挥棒，让我和古典乐之间产生了一种全新的关系。

6　斯托克豪森（Stockhousen）：1928年—2007年，德国先锋音乐作曲家。20世纪50年代即创作电子音乐。

7　约翰·凯奇（John Cage）：1912年—1992年，美国先锋派古典音乐作曲家。他甚至将"无声"作为一种元素引入音乐中，拓宽了音乐的定义。

8　马勒（Mahler）：1860年—1911年，奥地利指挥家、作曲家，活跃于维也纳。去世后，其作为作曲家的价值在20世纪后半叶再度为世人所发现。

9　洛克西音乐（Roxy Music）：1971年登上乐坛的英国摇滚组合，主唱布莱恩·费瑞（Bryan Ferry）。

10　布莱恩·伊诺（Brian Eno）：1948年— ，英国音乐家。加入洛克西音乐乐队时负责音乐合成和电子音乐。他是氛围音乐的先驱者。

11　宫崎骏：1941年— ，日本电影导演、动画大师。1979年首次执导动画长片《鲁邦三世：卡里奥斯特罗之城》。从《风之谷》（1984年）开始，到《起风了》（2013年），导演了多部长篇动画电影作品。

12 总谱：在交响乐中，将各演奏声部以上下谱表的方式排列的乐谱形式。较长的作品，总谱厚度堪比词典。

指挥家的工作

有人说，世界上有三种极为类似的工作——交响乐队指挥、电影导演、棒球教练。这三者的共同之处是什么？那就是——自己什么都不用做。

指挥自始至终背对听众，明明是一场音乐会，指挥却不发一声；电影导演拍电影，用不着亲自出镜，胶片里也不会出现他的身影；职业棒球队的教练也从来不用站到击球区或者投手土墩上去。这三种人，看起来的确无所事事。

然而，他们优秀与否，会让一切截然不同——这取决于他们是否能把握住总体方向。拍电影，无论有多么优秀的演员，如果导演的意图不清晰，就拍不出好影片。指挥交响乐团也是一样。现在的交响乐团，每一位演奏者都非常优秀。只要讲清楚要求，他们都有足够的技术去完成。问题往往出在指挥意图不明确，或者没有说清楚自己意图的时候。

什么都不做的三种人，有一点是相同的，就是必须要有强大的意志力。要是其左右摇摆，现场就会陷入死水泥潭。相反，如果一切都很顺利，那时候的喜悦也是难以言表的。我指挥的时候也免不了对乐手提一些不容易完成的要求。每每如此，我的内心总是备受煎熬。但如果因为觉得乐队不乐意这样做，或者感到乐队很抗拒就妥协，那么一切都完了。与其如此，不如坚持到底。如果最终大家不折不扣地达到了要求，乐队也许反而会感谢指挥——"我理解指挥的要求了。虽然做起来真的很困难，不过按指挥的要求做是对的"。而最终，听众自然会听到这一切。也就是说，要想说服听众，首先得说服交响乐队。指挥只有将自己的意图贯彻到底，才能体会到这份工作最大的乐趣。

好吧，让我举个具体的例子。贝多芬第九交响曲的难点之一，是第三乐章的速度问题。

第三乐章的开头部分十分从容。中途从4/4拍变成12/8拍，速度标记是l'istesso tempo（每一拍和前面保持同样的速度）。小提琴从这里进入，重复很短的乐句。开头部分如果按照我希望的速度演奏，在l'istesso tempo的地方保持每一拍和前面一样的速度，小提琴的速度就必须相当快（顺便提一句，克劳迪奥·阿巴多[13]就选择用这样的速度）。而老派传统的指挥家们在开头演奏得非常慢，到l'istesso tempo的地方速度就会刚刚好。这两种不同的演奏方式都是尊重贝多芬的、忠实于乐谱的做法。还有一种演奏方式，开头并不很慢，而是以一个比较正常的速度，到了l'istesso tempo再把速度降下来。其实选择这种方式的指挥最多，而这和贝多芬的意图是相悖的。

那么，我要怎么做呢？指挥要决定选哪个节奏，并说服交响乐队接受自己的选择。这不仅仅是速度的问题，还涉及包括各种细节在内的整部乐曲的结构问题。指挥并非无所事事——读到这里，您或许明白了些吧？

实际指挥一支交响乐队，通过现场的音乐对各种问题加以确认，这是令人愉悦的事。然而，实际上兼任指挥工作的作曲家却比想象的少得多。这让人感到遗憾。光靠脑袋作曲，自己的意图只会与现实渐行渐远。经常担任指挥的现代音乐作曲家潘德列茨基[14]也说过"光写曲子是不行的"。通过演奏，搞清楚哪些地方和自己想的不一样，并了解听众的反应，这样才能写出更好的作品。也就是说，作曲和演奏不应割裂，而应紧密联动。我认为，这对作曲家也好，对交响乐团的未来发展也好，都是至关重要的。

关于指挥交响乐这件事，我认为最重要的是演出经验和掌握的曲目数。只有从年轻时就开始积累经验，每部作品指挥上几十次，曲目积累达到三四百首，方能窥探到古典乐的博大精深。如此想来，我真觉得自己没有多少时间了。

---

13 克劳迪奥·阿巴多（Claudio Abbado）：1933年—2014年，意大利指挥家。曾担任米兰斯卡拉歌剧院和柏林爱乐乐团的艺术总监。

14 潘德列茨基（Penderecki）：1933年— ，波兰作曲家、指挥家。代表作有《广岛受难者的挽歌》《路加受难曲》等。

我为什么拿起了指挥棒？

那么，指挥作为一种职业，究竟是从什么时候确立起来的？专业指挥，是专业交响乐团出现后才出现的。在那个时代，贵族沙龙和聚会上演出的乐队规模较小，常常由乐队首席（第一小提琴）或者作曲家来担任自己作品的指挥。

然而到了19世纪初，以一般听众为对象的音乐会和歌剧开始普及。为保证演出场次，需要交响乐队有稳定的组织，并具备相当数量的常演曲目。这时候，所谓的专业演奏团体就出现了。

而在这之前，常常是一群白天有着各自固定职业的人，晚上聚到一起以演奏为乐。比如巴厘岛的甘美兰音乐[15]，并没有专业的演奏者。演奏者们白天在地里干活儿或制作工艺品，到了晚上，就换上色彩绚丽的民族服装，拿起青铜、丝竹的乐器。至少在我第一次去巴厘岛的时候，情况就是这样。听说后来由于游客们的蜂拥而至，渐渐出现了专业的甘美兰音乐演奏者。日常生活中的音乐被包装变成商品，成为生计的来源。这当然算不上坏事，但我感觉也失去了很多东西。

让我们言归正传。随着交响乐团的出现，需要专业指挥——不是指挥自己作品的作曲家，而是掌握相当曲目量的指挥家。可以想象，一时间涌现出了不少指挥家。出人意料的是，这一时期交响乐队的指挥，大部分都是创作者，即作曲家。细细想来，又会觉得合乎情理，因为指挥必须看得懂总谱，而作曲家日常的工作就是写总谱。

在这一潮流中，最早确立交响乐队指挥传统的是门德尔松[16]。他率领莱比锡布商大厦管弦乐团以演出季的方式，不仅上演他本人的作品，还演奏瓦格纳等人的作品。然而，据皮埃尔·布列兹[17]在著作中所述，瓦格纳对此非但没有报以赞许，反而还指责门德尔松没有按他规定的速度指挥，歪曲了其作品的意图。这一指责可能与德累斯顿（瓦格纳在那里担任指挥）和莱比锡是竞争对手不无关系，也可能是犹太作曲家门德尔松特别注重音乐形式，在这一点上与瓦格纳有分歧。门德尔松最大的功劳是在巴赫[18]的《马太受难曲》首演100年后予以复演，让这部伟大的作品终为世人所知，并流传至今。

我在前文中提到，瓦格纳在贝多芬"第九"首演22年之后复演了这部作品，李斯特放弃了钢琴演奏家的身份潜心作曲，但同时又在魏玛指挥音乐会和歌剧，特别是在1850年指挥了瓦格纳的《罗恩格林》的首演。此外，看过柏辽兹的交响乐团排位图就不难发现，他对交响乐团是多么熟悉。

关于柏辽兹和瓦格纳的指挥生涯，有一些有趣的资料，是关于他们1850年在伦敦指挥音乐会的评论。评论说瓦格纳的指挥缺乏稳定性、难以捉摸，而柏辽兹的指挥则清晰明朗、充满活力。这些评价让人联想到两人作为作曲家的不同个性，十分有趣。

虽然当时还有像活跃在巴黎的阿伯内克那样优秀的指挥家（不过据说他指挥"第九"时曾删掉了第四乐章，前三乐章按照一、三、二的顺序演奏），但19世纪上半叶青史留名的交响乐团指挥家基本都是作曲家。之后，马勒和理查德·施特劳斯[19]延续了这一谱系，直到当代的布列兹。

那么，作曲家兼乐器演奏家和作曲家兼指挥家又有什么不同呢？按照布列兹的说法，"前者，虽说未必要每一天，但至少不能间隔太长时间进行肌肉训练，方能保持作为演奏家的能力。而后者一旦掌握了作为专家的技能，就不必担心工作中断带来的影响，任何时候都可以重新开始自己的音乐工作"。很有道理啊！这么说好像有点厚脸皮，不过这段话仿佛为我找到了最近不怎么演奏钢琴却经常指挥的理由（笑）。

---

15 甘美兰音乐：印度尼西亚的民族音乐。由铜锣、拉弦和拨弦乐器等合奏。

16 门德尔松（Mendelssohn）：1809年—1847年，德国浪漫派作曲家。对复演并重新评价被世人遗忘的巴赫作品《马太受难曲》做出了贡献。

17 皮埃尔·布列兹（Pierre Boulez）：1925年—2016年，法国作曲家、指挥家，也是引领现代音乐界发展的教育家。

18 约翰·塞巴斯蒂安·巴赫（Johann Sebastian Bach）：1685年—1750年，德国作曲家、管风琴演奏家。巴洛克音乐集大成者，留下了大量的宗教音乐和器乐作品。

19 理查德·施特劳斯（Richard Strauss）：1864年—1949年，德国浪漫派晚期的作曲家。代表作有交响诗《查拉图斯特拉如是说》。

作曲家与指挥家的关系

19世纪下半叶，职业交响乐团指挥陆续登场。其中，受到瓦格纳熏陶的汉斯·冯·彪罗[20]1865年首演了《特里斯坦与伊索尔德》，汉斯·里希特[21]1876年在拜罗伊特首演了《尼伯龙根的指环》四部曲，赫尔曼·莱维[22]1882年首演了《帕西法尔》。他们的指挥风格也都深受其导师瓦格纳的影响。

那么，这究竟是一种什么样的影响？简单地说，就是"改写乐谱"。瓦格纳在1850年对莫扎特[23]的歌剧《唐璜》的管弦乐部分进行了改写，对格鲁克[24]的《伊菲姬尼在奥利德》不但改写了管弦乐部分，甚至还新添了一段咏叹调。也就是说，为使作品符合自己的歌剧或乐剧理念，又或为了把自己的音乐观与历史价值观相融合，瓦格纳对以往的作品进行了"改写"。

具体而言，就是增加一些乐音，或改变风格，或用完全不同于作曲家规定的速度来演奏。与瓦格纳有渊源的指挥家们概莫能外。一个例子是，在优秀的钢琴演奏家彪罗（马勒希望成为他的弟子但是被拒绝了）校订的贝多芬钢琴奏鸣曲中，增加了很多他的创作。也就是说，那个时代的指挥不像今天这样把原作奉若神明。在马勒身上，我们也可以看到同样的态度，他甚至改动了舒曼[25]和贝多芬的交响曲。乔治·赛尔[26]在指挥克里夫兰管弦乐团演奏舒曼时，还一度参考了马勒改写的版本。

改写交响乐谱是作曲家兼指挥常做的事情，作曲家以此将作品归入到自己认同的历史价值观中去。在浩如烟海的音乐作品里，选择符合当下音乐理念的作品，在自己的脑海里重新书写音乐史。当然，这些改编还不至于到曲解作品本质的程度，我认为指挥家这么做，只是为了让作品更符合交响乐团的现代化进程。

我本人虽然并没有什么大胆狂妄的想法，但时不时地也会冒出改写乐谱的念头。甚至是贝多芬交响曲的"第五"和"第九"，有些过渡句[27]按照原谱演奏根本听不见，就会想要加几件乐器进去；而对勃拉姆斯[28]和舒曼的那些配器过重的地方，要抑制想减掉一些乐音的冲动亦很煎熬。当然，出于当代对音乐作品的普遍态度及对作曲家的尊重，最终，我还是竭力忠实地再现原作。

回到原题。从瓦格纳到马勒时期，作曲家和指挥家的关系是非常密切的。自由地指挥庞大的交响乐团，将自己创作的曲目以及历史上的名曲，以自己的价值观呈现于世，这样的时代，到理查德·施特劳斯这一代画上了句号。在他们之后，作曲家兼指挥变成了一种例外。虽说不是没有，但在分工越来越细的现代，身兼指挥和作曲两职，在时间和精力上都很困难。

皮埃尔·布列兹是20世纪代表性的作曲家之一，作为指挥家取得的成就亦不在作曲之下。他率领自己创建的室内乐团"音乐之域"（Domaine Musical），从演奏自己的作品和其他先锋音乐起步，在西南德广播交响乐团作为替演指挥登台后，正式踏上了指挥家的道路。之后他历任克利夫兰管弦乐团、BBC交响乐团、纽约爱乐乐团等的主要职位，这些都已众所周知。其指挥虽然有时难免会受到某种情绪的影响（比如过度甜美的旋律、高潮时有些沉溺的陶醉感等），但其超群的分析能力和读谱能力，使他与其他众多的指挥家不同，极为理性、冷静地再现了属于作曲家的音乐世界（包括某些笨拙的部分）。

前文曾感叹过身兼作曲家和指挥家之难，到了布列兹这里怎么就不难了？难道布列兹是一个例外？

不不，并不是这样。和率领"音乐之域"时期相比，在后期从事指挥活动期间，布列兹的作曲量急剧减少。细细想来，马勒也是如此。在繁忙的指挥工作间隙，马勒只在每年夏天休息数月，住在奥地利南部的麦亚尼希山庄里写交响曲。作为作曲家以《西区故事》（*West Side Story*）等闻名、作为指挥家与卡拉扬[29]齐名的伯恩斯坦[30]也曾说过："每次指挥，马勒从演出前三个月开始，一切创作活动都变得十分艰难。埋头研究其他作曲家的总谱时，脑海里一丁点儿自己的音乐都浮现不出来。"

那么作曲家兼指挥，和通常的交响乐团的指挥，其不同又在哪里？

---

20 汉斯·冯·彪罗（Hans von Bülow）：1830年—1894年，德国指挥家。师从李斯特学习钢琴，后成为职业指挥家的先驱。

21 汉斯·里希特（Hans Richter）：1843年—1916年，匈牙利指挥

家。瓦格纳的助手，指挥《尼伯龙根的指环》首演。

22 赫尔曼·莱维（Hermann Levi）：1839年—1900年，德国指挥家。瓦格纳虔诚的追随者，首演了《帕西法尔》。

23 莫扎特（Morzart）：1756年—1791年，奥地利作曲家。幼年时期就展现了音乐天才，演奏遍及欧洲各地。维也纳古典派作曲大师，35岁时不幸早逝。

24 格鲁克（Gluck）：1714年—1787年，德国歌剧作家，据说他通过自学掌握了作曲技法。

25 舒曼（Schumann）：1810年—1856年。德国浪漫派作曲家。其妻为著名钢琴家克拉拉（Clara）。

26 乔治·赛尔（George Szell）：1897年—1970年，出生于匈牙利的指挥家。定居美国，后入籍。

27 过渡句：不构成独立的乐思，是一组快速的、过渡性的乐音的连续。也称作经过句。

28 勃拉姆斯（Brahms）：1833年—1897年，德国作曲家。坚持古典乐派形式，创作了浪漫派风格的作品。

29 卡拉扬（Karajan）：1908年—1989年，奥地利指挥家。担任柏林爱乐乐团终身指挥、艺术总监，被人称作"指挥皇帝"。

30 伯恩斯坦（Bernstein）：1918年—1990年，美国指挥家、作曲家。纽约爱乐乐团常任指挥。代表作有音乐剧《西区故事》。

作曲家兼指挥与职业指挥家的不同

作曲家兼指挥，一般是从指挥自己的作品开始，接着逐步涉猎同时代或自己感兴趣的其他作曲家的作品，再慢慢扩充古典乐的常演曲目。作曲家在指挥自己的作品时，面对交响乐队往往处在压倒性的优势地位。原因很简单，作品是自己写的，当然对整首曲子的每个细节都了如指掌，而乐队大部分的演奏者则是第一次演奏。

但情况果真如此吗？作曲家果真记得自己作品的每一个细节吗？勋伯格[31]说过："我的作品，我至少在写它的时候听过一次。"也就是说，在作曲决定用哪个音的时候曾确认过声音的轮廓，但这是极度抽象的。如果不用电脑，只在脑海中思考，然后写到谱子上，那么实际演奏时会产生很大的偏差。皮埃尔·布列兹说："对自己所写的作品，我也只有在指挥了数次之后才能不那么紧张。只有在指挥了数次之后，我才会感觉自己终于对整首曲子的每个细节都握在手中了。"也就是说，即便是自己写的曲子，也并非从一开始就比交响乐团具备更多优势，而是要等到指挥了数次之后才能理解乐曲。除此以外，还有别的问题。

第一次对这个问题有深切的感受，是我在中国台湾指挥台湾爱乐乐团首演我的《第五维度》（*Fifth Dimension*）修订版时。第一天彩排，也许有作者亲自指挥的因素，基本是在我的主导下进行的。但是乐手们一个个眼神闪烁，显得十分不安。我用眼神回应他们，表示一切都没问题，第一天的彩排就这样结束了。到第二天彩排，我和乐手们的位置颠了个个儿。

首先，要说明一下《第五维度》这首乐曲的内容。我原本打算用贝多芬《命运》的节奏动机（著名的"咚咚咚，咚——"）把音程音列化，写出简约风格的音乐。然而作曲期间发生了"3·11"东日本大地震，受其影响，作品里充满了强烈的不协和音和表现内心情绪激烈波动的节奏，使演奏难度变得很大。那次公演前，我再次对乐曲做了修改，修改后，虽然作品比原来完善了一些，但增加的演奏难度几乎无法估量！指挥这首乐曲的时候，我不止一次冒出这样的念头——"这位作曲家的乐曲，还是别碰的好"，真的。

第二天彩排，在与充满了切分音、转节奏这些不规则的段落进行的恶战苦斗中，我变得有点急躁了，甚至从那些等待我指令的乐手的表情中，能感到他们从对自身的不安变成了对我的不安。但他们真不愧是一流乐团的演奏者。一开始的确显得有些无所适从，但为了达到我的要求，乐手们通过各自的分谱，准确地把握了乐曲的整体感觉，大大领先于我这个还毫无头绪的指挥。作为乐曲的作者，这让我非常感激，然而作为站在乐队面前的指挥，我实在是无地自容。一般而言，指挥交响乐团的经验比较少、作为职业指挥家的技巧不足，是作曲家兼指挥面临的最大问题。反过来说，技巧是通过经验积累获得的，只有通过大量实践才能掌握更高的技巧。

那次中国台湾音乐会也印证了这一点。同一天，我还指挥了贝多芬《第五钢琴协奏曲"皇帝"》（钢琴独奏是韩国年轻钢琴演奏家宋悦云）和《第五交响曲"命运"》。"命运"已有过几次指挥的经历，因此比较放松；而"皇帝"则是第一次，确实十分紧张，生怕出丁点儿差错给钢琴独奏造成麻烦。有经验和没经验，执棒的感觉大不一样。

那么，职业交响乐指挥会怎么做呢？首先，他会充分研读总谱，在少到有些冒险的排练时间里，尝试表现作曲家的意图。当然，这些步骤作曲家兼指挥也会做。但职业指挥家在多次指挥同一作品的过程中，早已熟知了作品的优势和薄弱环节。斯托科夫斯基[32]说过："在读交响乐作品总谱的时候，对那些浑然天成、比较容易演奏的章节，我不会花太多的时间。而那些难以把握的部分，必须在排练时予以充分注意才能准确演奏。若把那些难以处理的部分搁在一边，情况只会越来越糟。"也就是说，在有限的时间里该优先（选择）什么？对此作出准确判断，是职业指挥家的优势，但情况果真如此吗？作曲家兼指挥的优势又在哪里呢？

---

31 勋伯格（Schoenberg）：1874年—1951年，美籍奥地利作曲家，首创了十二音位体系和用12个音作曲的方法（十二音技法）。

32 斯托科夫斯基（Stokowski）：1882年—1977年，出生于英国、活跃于美国的指挥家。担纲电影《狂想曲》（Fantasia）的音乐创作。

作曲家兼指挥的优势

斯托科夫斯基在指挥时奉行"把练习时间花在难的部分，而不是容易的部分"。我的观点则有些不同。的确，在与乐队极为有限的排练中，如果想提高效率，也许的确得那样做。但是，该呈现怎样的音乐？该给乐曲指出怎样的方向？对这些关乎作品本质的问题，我认为处理好那些容易演奏的章节和那些容易基于惯例演奏的章节才是关键。那些难以把握的章节，乐手们自然而然会带着高度的紧张感去演奏。只要不是特别拙劣的指挥，那些章节所呈现出来的音乐信息不会有很大差异——当然，基本路径的差异还是存在的。相反，正是那些比较容易把握的章节，或者连续的乐句，如果放手让乐队自己去把握，则往往会流于平庸，甚至沦为陈腐老套的演奏。

作曲家兼指挥对这样的片段十分敏感。有人说，最好的演奏诠释者是作曲家。他们从自己独特的视角分析总谱是如何构成的，在这一基础上形成乐曲的整体形象。他们琢磨总谱里的每一个音符和记号，把握作曲家的乐思。在运用分析手法方面，作曲家比不从事作曲的演奏诠释者更为有利。

皮埃尔·布列兹说："对演奏家来说，在主题展开的各个阶段，能利用本人所掌握的一切背景资料来把握作品的宽度。然而，对于作品的内在结构，对于作曲家是如何或为何选择的是某种特定的音乐意象的连续，其理解恐怕无法达到作曲家那种程度。"

布列兹承认作曲家在乐曲诠释方面具有优势，但同时他又指出："作曲家的认识也有其局限性。贝多芬的《大赋格》中的深意，恐怕任何人都难以读懂。在神秘的直觉面前，知识也有败下阵来的时候。"

"神秘的直觉"，所言即是。在拙作《感动，如此创造》以及与养老孟司[33]先生合著的《用耳朵思考》中，我也曾对此反复提及。我认为，作曲家作曲的最终的判断，既不是逻辑性的也不是感性的，而是包括经验在内的本人的直觉。用"直觉"这个词恐怕会引起误解，它并不同于感性。

换一个说法，也许可以表述成"无意识下的判断"。作曲家无论用何种分析性的方法，最终还是难以窥探或接触到伟大的乐曲最深邃的核心，即使他能够隐约感觉到什么。

一想到《大赋格》（弦乐四重奏Op.133），我总是会头昏脑涨。这部作品有着无穷无尽的赋格，作曲家分析性的解释完全不能适用。作品里持续的紧张，分明是带有某种简约音乐性质的，却让许多作曲家懂得了作曲之难，并对作曲产生了绝望。每次听这部永恒的先锋作品，我都会这么想——

"作曲这件事，是最最难的！"

忘了是在高中里还是刚上大学的时候，我第一次听布列兹指挥斯特拉文斯基[34]的《春之祭》，深受震撼。那是一种全新的诠释。节奏构造清晰可触，总谱的缺陷部分（任何一首作品都会有）在演奏中也被如实地表现出来，乐曲的动态完全和总谱一样，没有多余的诠释。斯特拉文斯基的《春之祭》就这样被如实地呈现在那里。后来，我听到作曲家本人亲自指挥的《春之祭》，不知为何，竟然感到有不对劲的地方。也许是因为指挥技巧欠缺——不少人这么说，而实际上，也有作曲家本人指挥的局限因素在内。

此外，《春之祭》是一部体现指挥家自我身份认同的乐曲。有的指挥将这部作品视作19世纪晚期浪漫主义的延续，注重表现作品中俄国民谣风格的部分（在《火鸟》和《彼得鲁什卡》里也出现过）；另一些则把这部作品看作20世纪音乐的肇始。注重传统的欧洲指挥往往选择前一种方式——俄国出身的指挥，哪怕是年轻的一代也属于前者。而我，绝对支持后一种处理。

布列兹对以原始节奏为中心的《春之祭》所做的彻底分析实在厉害。他从弦乐微弱的颤音[35]来把握这首乐曲的本质（灵感），通过剖析繁复多样的节奏与和弦来直抵作品整体结构的气势锐不可当——从这个角度看，《春之祭》亦是布列兹的作品。可以说，这就是作曲家兼指挥的典范。这也是本书一再提到布列兹的原因。

---

33 养老孟司：1937年— ，日本解剖学家。创作了《身体的看法》《唯脑论》等多部作品。——详见译者注①

34 斯特拉文斯基（Stravinsky）：1882年—1971年。出生于俄国，20世纪最伟大的作曲家之一。活跃于巴黎和纽约，代表作有芭蕾舞剧《春之祭》。

35 颤音：装饰音的一种，将主音与其小二度关系的辅助音快速反复演奏。

作曲家兼指挥在这个时代执棒的意义是什么？

也许有点夸张，我认为，古典乐不该被当作古典艺能。古典乐应该承古启今，继往开来。为此，交响乐团以及演奏家们都要更积极地演奏当代音乐才对。对于这个问题，作曲家兼指挥身处第一线、最前沿，理应率先采取行动。

就连被称作古典艺能的歌舞伎、能乐都在积极尝试各种创新，古典乐界更应如此。当然，也有不同的声音。认为古典乐连听众群都没有培养起来（事实上是不增反减），演奏那些莫名其妙的不协和音，观众还不都跑了？

根据古典乐业内人士的说法，上演新作品也最多演到柏辽兹的《幻想交响曲》，连巴托克[36]、斯特拉文斯基、拉威尔[37]都不会有人来听。果真如此的话，交响乐团不演奏柏辽兹之后的作品，那么日本的古典乐就和雅乐一样，将会变成专门面向过去的古典艺能。而且，仅东京一地就有相当数量的交响乐团，如果这些乐团都只演奏雷同的曲目，必然会僵化、失去活力。目前也的确存在着各种社会制约、成员老龄化等问题，但我认为，大家还是必须去发掘、培育那些联结未来的曲目。

当然，我知道有一些乐团和演奏家一直在这样坚定而充满勇气地努力着。前些日子，我听准·马却[38]指挥的新日本爱乐交响乐团和迪图瓦[39]指挥的NHK交响乐团（这是在电视上看的）分别演奏了斯特拉文斯基的《焰火》和杜蒂耶[40]的《大提琴协奏曲》，都是平时较少上演的曲目。当然，这样的音乐会数量很少。事实是，更新一点的曲目一年中可能仅有几次机会，在面向现代音乐发烧友的音乐会上出现。

20世纪70年代到80年代，日本曾经比现在更为积极地上演现代音乐。进入21世纪之后，这些作品在日本演出的机会急速减少。这真是令人震惊的保守和倒退。我认为作曲家也要对此负责。

音乐学者冈田晓生[41]曾经指出，"现代音乐"和当代音乐不同。"现代音乐"的作曲家，正如养老孟司先生所指出的"脑化社会"那样，只是在脑袋里构建一个虚拟世界。黑压压地写满音符的总谱，作曲家本人究竟把握到了何种程度？在脑海里，所有的音都响过一遍了吗？当然，让作曲家只能写出这种乐曲的大环境也有问题，但如果只能听这样的乐曲，听众情何以堪？

作为这种潮流的逆势而动，简约主义音乐应运而生。从多瑙河岛音乐节开始，出现了率先尝试先锋风格的作曲家，例如采用音簇演奏法[42]的潘德列茨基，随后转向新古典主义风格，开始创作肖斯塔科维奇[43]那样的作品。东欧作曲家阿沃·帕特[44]、亨里克·格雷茨基[45]等人放弃了序列音乐[46]的方法，以教堂音乐和中世纪音乐为基础，转向了具有调性的神圣简约主义，但他们并没有把自己局限在简约主义音乐中。

这类音乐的动向在日本交响乐界无缘听到。在欧洲，据说这些作曲家的唱片销量突破百万（实际数量不详），欧美的交响乐团也将作品列入音乐会曲目。日本遭遇"3·11"东日本大地震的时候，柏林爱乐乐团（指挥伯纳德·海廷克）演奏了卢托斯拉夫斯基[47]的《葬礼音乐》以表哀悼。虽说不是很频繁，但他们的作品平常也会上演。在日本，却几乎从来没有这样的机会。这个国家在文化上的落后程度令人震惊。我曾经指挥过几次简约音乐作曲家约翰·亚当斯[48]的交响乐作品，已算是特例了。

像这些并非"现代音乐"而是当代音乐的作品，我们应当尽可能多地呈现给听众。文化不是为了抚慰，也不是为了迎合，每一位听众也需要一定程度的努力和忍耐。但是，不明就里的听众并非把音乐当作知识来听，如果内容有趣，或者某种新的体验让他们感到有趣，我相信他们会自然地接受的。

这样的体验，将会培育出有音乐的日常。

---

36 巴托克（Bartók）：1881年—1945年，匈牙利作曲家、钢琴演奏家。"二战"开始后流亡美国。代表作有《管弦乐协奏曲》等。

37 拉威尔（Ravel）：1875年—1937年，法国作曲家。代表作有《波莱罗舞曲》《达芙妮与克罗埃》等。

38 准·马却（Jun Mrkl）：1959年—　，德国指挥家。父亲是德国人，母亲是日本人。主要作为歌剧指挥活跃于世界舞台。

39 夏尔·迪图瓦（Charles Dutoit）：1936年—　，瑞士指挥家。他担任蒙特利尔交响乐团音乐总监25年。

40 杜蒂耶（Dutilleux）：1916年—2013年，法国作曲家。他以学院派要素为基础，利用其独特的感性创作出极为精致细腻的作品。

41 冈田晓生：1960年— ，日本音乐学家。京都大学人文科学研究所教授。著作有《歌剧的命运》等。

42 音簇演奏法：同时奏出多个比半音分得更细的音高。

43 肖斯塔科维奇（Shostakovich）：1906年—1975年，苏联作曲家，20世纪最伟大的作曲家之一，作为交响乐作曲家拥有很高赞誉，一生创作15部交响曲。

44 阿沃·帕特（Arvo Pärt）：1935年— ，爱沙尼亚作曲家。他汲取教会音乐的元素，依靠钟鸣作曲法创造出静谧、冥想般的作品。

45 亨里克·格雷茨基（Henryk Górecki）：1933年—2010年，波兰作曲家。代表作有《第三交响曲"悲歌"》。

46 序列音乐（Série）：音列。指除了对12个音高进行特定的排序外，将音的时值、强弱、音色等各要素也进行等级化后进行创作的音乐。

47 卢托斯拉夫斯基（Lutosławski）：1913年—1994年，波兰作曲家。他不断把作曲技法由前卫向传统转变。

48 约翰·亚当斯（John Adams）：1947年— ，美国作曲家，简约主义音乐的倡导者之一。

指挥《广岛受难者的挽歌》

这段时间，我在学习潘德列茨基的《广岛受难者的挽歌》的总谱，更确切地说，是在进行一场鏖战。

《广岛受难者的挽歌》作于1960年，说是图形乐谱也未尝不可，仅运用弦乐器、用密集的特殊演奏法演奏。从音乐表达的角度而言，这是一部耐人寻味的乐谱，请让我在这里展开说一说。

各分谱都是从两个涂黑的三角形开始，从中拉出两根向右延伸的线条，这表示各乐器都将连续奏出最高音。接着出现的是让人联想到现代艺术的图形（这表示特殊演奏法），对应的是特殊声响，像打击乐器的声音，又像是打翻玩具盒的声响。还没等反应过来，紧接着又是涂得漆黑的粗线，然后又突然隆起一个瘤样的形状，再恢复到线。

弦乐部的各分谱反复出现这样的变化，这就是所谓的"音簇"，同时奏响某个音域所有1/4音，弹奏不和谐和弦制造无比激烈的音效。再后面是一连串向左的三角形。这样的乐谱，视觉上很有意思，但实际演奏起来却相当不易。出乎意料的是，这种记谱法对音的规定非常严谨，有些地方对音值（音的长短）的规定虽不算明确，但在乐谱后半部分也有明确规定音值的片段。作曲家本人说，这是他在电子音乐制作中学到的方法。我读大学的时候曾经看到过该乐谱的一部分，很赞同这种前卫的记谱方式，可如今轮到自己要演奏，拿着乐谱却忍不住担心：在有限的排练中，该如何向乐手把要求讲清楚？加上身为作曲家来进行指挥，在作品诠释上会被寄予更高的期望吧？可见，积累经验也未必全都是好事。

2014年，我和新日本爱乐交响乐团在时隔三年后再次举办的"世界梦幻交响乐团[49]"音乐会上演奏了这个作品。感谢热情的听众，开票5分钟内，2场音乐会的4000张票一售而空。然而同时开票的9月份的"音乐·未来VOL.1"，不知是否因为曲目是现代音乐作品的缘故，有500张票没能卖出去。观众是最诚实的。不少曲目是日本首演，对于了解当代音乐而言是非常有意思的曲目，然而……看来，介绍当下的音乐、介绍通向未来的音乐，道阻且漫长。

话说回来，那年的"世界梦幻交响乐团"音乐会恰逢诺曼底登陆70周年，次年是"二战"结束70周年。"二战"结束后日本长期享受和平，对和平习以为常，甚至失去了对战争的警觉。为了让这个国家再一次认真思索战争带来的创痕，"世界梦幻交响乐团"设置了一个以"安魂"为主题的环节。除这首曲子外，还选取了巴赫的《G弦上的咏叹调》和我创作的《我想成为贝壳》。选曲的意图，是想看看从强有力的不和谐和弦潘德列茨基开始，最终抵达如同天国般和谐优美的巴赫，这一过程中会发生什么样的化学反应。也就是说，不同的顺序会赋予乐曲不同的意味，这一次会如何呢？对此，我不做任何预设，而是准备一切都留到音乐会现场去感受。其他曲目以我的电影音乐为主，本以为准备起来不会像指挥交响曲那样辛苦，实际却因为潘德列茨基这首乐曲累得够呛。

潘德列茨基是1933年出生在波兰的犹太人。除了作曲，他也是一名指挥。他是左撇子（所以用左手打拍子），第一次看的时候我真是大吃一惊，但是他的指挥风格超乎想象的准确稳定，一看就知经验丰富。他的早期作品和这首由大量音簇构成的《广岛受难者的挽歌》一样，属于先锋音乐，之后转变为易于理解的（相对而言）新古典主义风格——说它是类似于肖斯塔科维奇那种当代手法亦无不可。斯坦利·库布里克[50]执导的恐怖电影《闪灵》等也选用了他的作品。最近看了关于潘德列茨基最新的DVD，发现他家有一个面积很大的花园，里面建了一个类似《闪灵》片尾出现的迷宫。估计要么是他非常喜欢，要么是赚了很多钱（笑）。

一开始，这首乐曲的曲名是《挽歌8分26秒》，是对作品朴素实在的描述。后来他和波兰交响乐团来日本演出的时候，接受了其友人、同为作曲家的松下真一[51]先生的建议，改名为《广岛受难者的挽歌》。所以严格地说，这首乐曲并不是以"广岛"（那个遭受过原子弹空袭的广岛）为主题创作的。但是作为战争的受害者，"广岛""长崎""奥斯维辛"，以及犹太人——是的，他的身份，还有他的出生地克拉科夫，都经历过惨烈的浩劫。也许正因为这样的背景，他才接受了改曲名的建议。当然，也可能是一个无意识的选择。

49 世界梦幻交响乐团：与久石让担任音乐总监的新日本爱乐交响乐团一同成立的交响乐团。

50 斯坦利·库布里克（Stanley Kubrick）：1928年—1999年，美国电影导演。在拍摄现场以完美主义作风为人所知。作品有《2001太空漫游》《发条橙》等。

51 松下真一：1922年—1990年，日本作曲家、数学家、物理学家。作品有《幻想交响曲"淀川"》等。他的乐谱中融入了大量数学和哲学的思考。

乐音成为音乐的瞬间

在晚报上偶然读到一篇报道研讨会的文章，引起了我的注意，题目是"我国交响乐团在世界上的地位"。四位在法、德、英、美报纸上写音乐评论的乐评家来到东京，听东京的交响乐团演奏，并举办了一次研讨会。四位乐评家的意见分为两部分，一方面，他们赞赏这些交响乐团出色的演奏技术；另一方面，也指出"乐团成员们自主性不足"。这个问题可能与日本人的性格有关，引起了我的思考。

我在指挥乐队演奏交响乐时，最重视的是对乐谱的解读和对作曲家所追求的声音的理解。话虽如此，如果音程和节奏不对，当然也不能放任不管，所以还是会很细致地在排练中协调。不错、不乱，是合奏的前提。然而，是否只要音程和节奏准确、强弱清楚，就能呈现令人感动的音乐呢？只做到这些显然不够。那么，乐音，究竟在何时能成为音乐？——这真是非常难回答的问题。

作曲也同样如此。拥有逻辑视角和感性视角应该就能作曲了，但实际上，仅有这两个条件，音乐是无法成立的，还必须加上作曲家的强烈意志。要写这样的乐曲，必须要写这样的乐曲！——必须要有这样的意志，抑或说强烈的感情（包含意志、决心和专注）。在演奏中也有一样的问题。演奏，是让乐音成为音乐的最后一步。这是现场，是最后的机会。听众就在面前，一切接近某种沸点。一个眼睛看不见的按钮被触发，乐音于是终于成为音乐。

这才是我指挥交响乐时最重视的。

在日本、亚洲、欧洲指挥了各具特色的交响乐团后，我再次感受到了日本交响乐团的高水准。每一位演奏者都拥有出色的技术，只要有好指挥，能专注地演奏，任何一个乐团都能呈现出精彩的演奏。如果能保持这样的高水平，那就是一流的交响乐团了。

国外的交响乐团，演奏者们自己想怎么做的主体性很强。所以在排练时，指挥必须和乐队边妥协边推进，为此，演奏常常会被打断。而日本的交响乐团，从第一次排练开始就很少中断。因为大家都很努力地相互配合，找到一致的音程和节奏。不是自我主张，而是"彼此配合"。不知道是否因为如此，最后演出的时候，气势上总是差那么点儿。而一开始大家都按照自己的想法来演奏，通过合练慢慢找到一个折中点练出来的演奏，到最后往往更有气势、更广阔。

就拿我在中国指挥交响乐团来说吧。每个演奏者都有自己的想法，要把大家捏合在一起真是费劲。然而最后合练完成时，那种大气自信的声音——我忍不住想，日本的交响乐团恐怕很难达到——真是非常美妙、广阔和雄浑。我想，这大概就是所谓的国民性的差异吧。

除了这样的国民性特征，每个乐团还会有自己的音乐色彩。有的高雅，有的粗犷（像流浪武士），有的弦乐声部特别优美。演奏者不同，演奏当然会呈现出不同的个性。而当他们糅合在一起，就成为整个乐团的个性。

最后还有一点。同一首乐曲，同一个指挥，同一支交响乐团，收录在CD里听和现场听，会发现速度不同。这是为什么呢？

只收录声音的录音，以追求完美为目标，准确地掐好速度来演奏。而现场呢？当天交响乐团的状态、指挥的身体状况、听众的反应，还有无法复制的现场氛围，共同决定了演奏呈现的音乐面貌，即所谓"一期一会"。正因如此，哪怕是同一首曲目，也会想一再去现场聆听。这种情况下，若演奏翻版CD录音，当然会不受欢迎。有时，现场演奏速度快一些，或者故意更激烈一些，这才是现场音乐会的至高妙趣所在。乐音变成音乐瞬间的秘密，无疑隐藏在那里。

古典乐，常奏常新

在中国台湾，我指挥了肖斯塔科维奇的《第五交响曲》。2015年的2月末，正逢华人圈迎接春节的热闹时节。台北和台南的两场公演，大获观众欢迎，出票两天即告售罄。在台南公演时，音乐厅的外面还设置了一块大屏幕，又不是摇滚音乐会，竟然来了1万多名观众。2014年5月，我曾在同一个场馆举办过音乐会，当时也来了数万名观众。这在当地是很罕见的。2014年演出的曲目是贝多芬的《第九交响曲》，这还好理解（其实细想也觉得不可思议）；2015年演奏的是肖斯塔科维奇和我的作品，来了这么多人，令我非常吃惊。顺便说一句，中国台湾是世界名团的常规巡演地，听众的鉴赏力很高。这些听众如此充满信任且热心地倾听，使我和台湾爱乐乐团的演出兴致十分高昂。

还有一件令人难忘的事——音乐会结束后，警车为我们开道去高铁车站。2014年音乐会结束时，因人流拥挤、交通堵塞，参加演出的维也纳的合唱团差点没赶上高铁。为了避免重蹈覆辙，这一次警车在旁待命，音乐会一结束就开道护送我们去车站。

我并非第一次经历警车开道。此前在巴西AMAZONAS电影节也曾体验过一次。举办地马瑙斯市（Manaus）是紧靠亚马孙河的一座工业城市，因出产橡胶而富庶。善于经营文化产业的法国电影界利用这一优势，创办了该电影节。电影《贝隆夫人》的导演艾伦·帕克[52]是该电影节的评委会主席，我也是评委之一。影片正式上映的时候，都有警车开道，一路上信号灯全都配合车队调整。上映结束后，游艇上的酒会一直持续到第二天早上。这一切恍如菲茨杰拉德小说里的世界，又让人觉得仿佛身处伍迪·艾伦[53]的《午夜巴黎》，多么奢靡！简直令我愕然。不过评奖本身很认真，为了从参展作品中选拔最高奖，评委会激烈讨论了几个小时。

那一次，日本的作品一部都没有获奖（有没有参展我都记不太清了）。中国电影过于商业化，描写非洲内乱的作品又过于暴力，看得人内心压抑。进入最终评选的，一部是巴西的作品，另一部是描写伊朗内乱中逃亡到欧洲的普通老百姓的故事。一位著名女演员和某位电影导演意见不一，争得不可开交，以至于艾伦·帕克不得不给两人打圆场。最后通过投票，伊朗电影以多数票获胜。评选工作是认真的，不过我记得更清楚的，还是游艇、酒会和开道警车。

话题扯得有些远了。在中国台湾，我作为音乐家享受了警车开道的待遇，这让我有些窃喜。所以在抵达车站后，我和驾车的警官拍照留念了。当然，是应对方之邀。

肖斯塔科维奇的《第五交响曲》，之前与读卖日本交响乐团曾经演奏过，那次是在"读响交响深夜直播音乐会"节目上直播。与当时相比，我自认为有了不少长进。除了整体的节奏设计和细节表现，最为重要的是，我自认为已能明确地告诉乐队自己想表达什么了。

我最深的领悟是，这部以"革命"为题的乐曲（只有日本这样命名），事实上无比沉重灰暗，肖斯塔科维奇真正的意图与乐曲表面呈现的迥然相异。肖斯塔科维奇的《第五交响曲》表面上和贝多芬的"第五""第九"，以及马勒的"第五"一样，也采用了从痛苦到欢喜、从斗争到胜利的结构。而实际上，这部作品表达的既不是欢喜，也不是胜利。作曲家表面上采用这个结构以摆脱当局严密的监视，其内心则是无比冷静、无比清醒的。这部作品也绝不是敷衍之作，我能够清楚明白地感受到作品深处的批判精神和孤独。对第四乐章临近结束部分的节奏，向来有不同的意见。我的结论是：越慢越好，绝不可以处理成胜利凯歌般的华丽热闹。A（la）音的连奏是关键，好像坦克军团缓慢驶来，要吞没一切。当然，这是我的理解，并不要求大家都接受。毕竟对古典乐来说，每一次演奏都会有新的发现。

这么说来，我在指挥方面的老师秋山和庆[54]先生，据说指挥贝多芬的"第九"竟超过了400次。这可真让人五体投地。更厉害的是，先生说："演奏了这么多次，每次演奏还会有新发现，让人不由得决心还要继续努力……"

古典乐的世界，真是广阔而深邃。

---

52 艾伦·帕克（Alan Parker）：1944年— ，英国电影导演。代表作有《午夜快车》《天使心》等。

53 伍迪·艾伦（Woody Allen）：1935年— ，美国电影导演。除《午夜巴塞罗那》外，近期以欧洲城市为背景的作品有所增加。繁复的人物对白是其作品特点之一。

54 秋山和庆：1941年— ，日本指挥家。1964年作为东京交响乐团的指挥出道。2014年迎来指挥生涯的第50个年头，2015年出版了回忆录。

"神灵降临"

神灵降临！

我从未有过这样的演出体验，直到在中国台湾公演的第二天，演奏贝多芬"第九"。

公演在台南举行，属于当地音乐节的一部分。台南是一座地方城市，气候温和，文化氛围浓郁。那一次的演出阵容是：长荣交响乐团（Evergreen Symphony Orchestra，ESO）、中国台湾的专业合唱团和维也纳国立歌剧院合唱团、来自中国台湾的女高音和女中音独唱演员，以及来自维也纳的男高音和男中音。我站在指挥台上，闭目冥想许久（至少我自己是这样感觉的）。当我睁开眼睛，有一种特别的感觉流过我的身体，仿佛整个人被激活（groove）了，这时，我轻轻地挥出了第一棒。

乐曲开头，第二小提琴和大提琴六连音稳妥准确，法国号轻声响起，完美！接着，第一小提琴以下降音型奏响主题，由中提琴和低音提琴声部接过，形成清晰的旋律线。随后音量徐徐提升，节奏足够缓慢，推出第一个 ff（fortissimo）强奏。多运弓、层层推进的乐句，十足的德国风格。维也纳来的合唱团员们一个个都身体微微前倾。通常合唱演员们在第三乐章期间，尽管表情上看不出来，但大部分时候就只是站在台上等着而已。然而那次，我却明显感觉到大家都在倾听。

我想起了彩排的第一天。长荣交响乐团是年轻而充满活力的交响乐团，据说很喜欢我的音乐。他们演奏时非常投入，不过没有什么演奏"第九"的经验。仔细想来，（这一曲目）每年年底到处都有公演的也就只有日本，在其他地方演出的机会并不多，经验不足也很自然。而对我这个日本人而言，5月份演出"第九"也很有新鲜感。新鲜是新鲜，难点也不少。平时我面对的多是演奏经验丰富的乐队，尽管我的指挥经验有限，但会站在作曲家的角度进行自己的诠释，尝试一般指挥家（不是什么不好的意思）不太走的路径——大部分时候是这样。然而这次乐队也没有经验，平时我惯用的那一套做法就用不上了。

果然，第一乐章开始后的 *ff* "嗒嗒！嗒嗒！嗒嗒嗒！"力度不够。这种时候我不能借口自己是作曲家兼指挥，而要认真地提出指导意见："这是德国音乐，所以要更重一些，凝重地'嗒嗒！！嗒嗒！！嗒嗒嗒！！！'"在经过三天忘我的排练和台北公演之后，此刻乐手们要用自己的音乐直面贝多芬。站在指挥台上，我感到自己身体里的每一个细胞都充满了喜悦。

　　"今天，我要表现旋律。"我拿起指挥棒，一个念头掠过。平时指挥，我更重视准确表现作曲家殚精竭虑写的旋律以外的部分，不遗余力地将支撑旋律的基础部分立体地表现出来。但那天，我选择了相信乐队，自己则专注于指挥主题，或者说把握旋律线的风格。乐队首席一开始显得很意外，但立刻接受了和前一天不同的演奏方式，并全身心地将信息传递给乐队。贝多芬为什么在第三乐章写下这么美妙的小提琴部分，或者说为什么情不自禁地写下如此美妙的部分？那一刻，我全身心地理解了。

　　当天除了会场内的1800名观众，场外还设置了大屏幕供无法入场的人们观看。场外大屏幕前聚集了从四面八方赶来的2万多名观众，造成了交通堵塞，以至于动用了警力。以古典乐为主的音乐会达到如此盛况实属罕见，第二天报纸电视都予以大篇幅报道。最值得一提的是，大部分第一次听"第九"的观众，在场外都十分安静、投入。回头再看，奉献那天公演的，不只是指挥和交响乐队，还有包括在场众多观众在内的那个特殊的空间。借用民俗学的语言，那是一个"仪式空间"。正是那个磁场般的空间，发挥了超乎想象的力量，让我们呈现出更为强大有力的音乐。人们将之形容为"神灵降临"。

很多现代作曲家谈到"第九"时认为，与贝多芬其他交响曲相比，第四乐章中加入合唱有些突兀，破坏了整个作品形式上的和谐。以前，我也是这样认为的。但那次台南公演演奏第四乐章的时候，我感受到一次次强烈的震撼如海潮般地涌来，体验到了一种难以言喻的升华感。这无法用理论来解释，分析整体结构这样那样也毫无意义。但是，倘若如此，我们这些作曲家、音乐学者口口声声谈论的"音乐的好坏优劣"标准又是什么？音乐想要表现和传递的又是什么？那次演出让我陷入了深思。全身心沉浸在音乐中的那一个星期的时光，真是幸福无比。

听杜达梅尔的演奏会

上周末，连续两天去听了古斯塔夫·杜达梅尔[55]指挥洛杉矶爱乐乐团的音乐会。音乐会非常精彩，且让我思考良多。就此写几句。

演出第一天，只有马勒的《第六交响曲"悲剧"》一首曲目（长达80分钟，也是理所当然）。第二天是约翰·亚当斯的《城市之夜》（*City Noir*）和德沃夏克[56]的《第九交响曲"自新大陆"》。我主要是冲着约翰·亚当斯去的，不过在完成勋伯格曲目的音乐会指挥之后，我还要在富山指挥"自新大陆"，也想借这场音乐会的机会学习一下。

杜达梅尔出生于委内瑞拉，在委内瑞拉青少年国家体系基金会[57]所属的西蒙·玻利瓦尔青年交响乐团（Sinfónica

de la Juventud Venezolana Simón Bolívar）任职之后，年仅28岁就出任洛杉矶爱乐乐团音乐总监的要职。此后，他在乐坛上的夺目表现更为世人周知，是当今最受瞩目和欢迎的指挥家。

首先是马勒的《第六交响曲"悲剧"》。一开头，大提琴和低音提琴塑造的节奏便果断清晰，音量也大到让我吃惊，且层层推进。马勒的"第六"是五管编成，8支法国号的庞大编制，音量大是理所当然的。然而音量虽大，节奏却丝毫不乱，低音也毫不浑浊。通常情况下，如此庞大的编制，弦乐声部很容易被埋没，然而在铜管的咆哮中，弦乐声部依然清晰可辨。做到这一点，我猜测要诀是节奏把控。杜达梅尔拥有拉美人特有的敏锐的节奏感，想必乐队在与他合作的五年里也浸染并提升了这种坚实牢靠的节奏感。也许这就是美国交响乐团的特点——费城管弦乐团的演奏也很明快。欧洲历史悠久的乐团更注重音乐里内涵的微妙语感或者某种精神特质，就像日本人唱民谣《八木节》时注重那些微妙婉转的颤音一样，节奏不能说十分明快。这并不是说美国的交响乐队无视乐曲内涵和微妙婉转的细节风格，而是整体上给人一种更重视节奏的印象。杜达梅尔和洛杉矶爱乐乐团当然忠实细致地表达了写在乐谱上的种种细节，音乐的方向性也很坚定。我以为，如果演奏能如此清晰忠实地表现乐谱，可能是最佳的选择——对于缺乏交响乐传统的日本人来说，恐怕唯有朝这个方向去努力。各位不妨想象一下外国人唱《八木节》吧。唱得再好，听众也会打个问号。欧洲人听日本的交响乐演出，恐怕也是如此。

然而，这种想法恐怕是我这种上了年纪的人才会有，年轻一代根本不会在意吧。事实上，世界上的政治文化潮流发生了翻天覆地的变化，杜达梅尔和土耳其的法佐·赛依[58]、中国的郎朗[59]，这些从非传统世界涌现的新生代才俊，给古典乐的世界注入了新鲜的活力，这些都是不可否认的事实。世界，从来就是一刻不停地变化着的。

言归正传。乐队在杜达梅尔的带领下，纹丝不乱地进入了马勒"第六"的第四乐章，结束前的*ff*强奏准确有力，收尾余音绕梁，堪称完美。更令我惊叹的是，乐队看起来还精力充沛，仿佛从头再演奏一遍也不在话下。这是体力上的差异吗？另外，第一小提琴和第二小提琴对面而坐的布局（第二小提琴在正面右侧，低音提琴在左后方。古典派和浪漫派大部分作品，作曲家都是以这种乐队布局为前提来写的），左侧的低音提琴和右侧的大号以同等音量进行对抗式的演奏，我还是第一次听到。果然是对向布局的乐队好啊！

第二天从约翰·亚当斯的《城市之夜》开始，这是为杜达梅尔就任洛杉矶爱乐乐团首演所写的作品，也是洛杉矶爱乐乐团的保留曲目。约翰·亚当斯早先作为简约主义音乐的作曲家开启职业生涯。如今，他的作品里更多采用了后期浪漫主义和表现主义的手法，而非后极简主义。也就是说，有旋律、有和弦、有美国音乐标志性的节奏（如爵士），在某种程度上更容易为人们所理解。因此，也有喜欢现代音乐的人批评约翰·亚当斯在音乐上倒退了。这位作曲家对交响乐团了如指掌，因此总谱写得精致无比，很受交响乐团的欢迎，其作品在全世界的上演机会也算比较多的。看布赛和霍基斯出版社（Boosey & Hawkes，音乐专业出版商）的会员杂志可知，今年（2015年）2月至5月，约翰·亚当斯的作品屡次上演。近几年他新作不断，今年还新发了清唱剧[60]。其中，《城市之夜》公演的次数很多，最受瞩目的当属维也纳爱乐乐团在今年3月的公演。首演至今的5年间，这部作品在各地上演，如今已成为世界交响乐坛公认的标准曲目。日本呢？呃，大概连上演计划都没有吧……

55 古斯塔夫·杜达梅尔（Gustavo Dudamel）：1981年—，委内瑞拉指挥家。2009年，年仅28岁即接任洛杉矶爱乐乐团音乐总监。

56 德沃夏克（Dvořák）：1841年—1904年，捷克作曲家。后期浪漫派、捷克民族乐派作曲家的代表人物，代表作《第九交响曲"自新大陆"》。

57 委内瑞拉青少年国家体系基金会（El Sistema）：1975年起，在委内瑞拉兴起的青少年音乐教育运动。

58 法佐·赛依（Fazil Say）：1970年—，生于土耳其的钢琴演奏家。1994年赢得"欧洲青年音乐演奏家大奖"后，广受关注。

59 郎朗：1982年—，中国钢琴演奏家。十几岁即崭露头角，与世界著名指挥家、交响乐团合作演出。

60 清唱剧：由独唱、合唱、管弦乐构成的戏曲音乐形式，以宗教乐曲为主。

在意大利举行久石让作品演奏会

我刚从意大利回来。在威尼斯以北车程约一个半小时的地方，有一座人口约10万的小城乌迪内，"远东电影节"每年都在那里举办。这个作为意大利聚焦亚洲电影的电影节，迄今（2015年）已举办了17届，颇有些历史。此行是因为电影节不仅邀请我举办开幕音乐会，还要颁发一个什么成就奖给我。

先介绍音乐会的内容。音乐会大约一个半小时，因为是电影节，所以以我作曲的电影音乐为主。大约1200个座位，开票3小时即告售罄。观众来自欧洲各地，这都托了互联网的福。

演奏由斯洛文尼亚广播电视交响乐团担任。据说是因为乌迪内当地的交响乐团编制较小，所以从邻国邀请了该团。因此，2天的彩排都在斯洛文尼亚首都卢布尔雅那进行，演出当天的总彩排（通场完整彩排）及演出在乌迪内。在这么短的时间内频繁移动，感觉会很辛苦，但不知为何，还是被斯洛文尼亚所吸引，安排了一次7天5晚的旅行。

好久没去威尼斯了，离得这么近本来也想去看看的，但是后面一周还有一个音乐会，内容是有点难度的现代曲目，所以我尽量缩短了日程——这真像是一个指挥家的安排（笑）。

从羽田机场搭乘汉莎航空的航班，先飞往德国法兰克福。原本担心飞机餐会以肉和香肠之类为主，没想到居然是味道相当不错的日式料理，让我得以安心地在旅途中认真研究总谱。在法兰克福机场等了约2个小时，转乘左右两边各2个座位的亚德里亚航空的小型飞机，前往斯洛文尼亚首都卢布尔雅那。这一程飞行颇有乘风翱翔的感觉，很是不错。

斯洛文尼亚原属南斯拉夫，北接奥地利，西临意大利，东面是匈牙利，可以说，四周都是古典乐之乡。考虑到音乐家们交流往来等因素，这个交响乐团想必具备相当高的实力。

抵达卢布尔雅那已是晚上10点半。这座首都城市规模不大，保持着中世纪的风貌。街道干净整洁，建筑十分美丽，令人心情舒展，愉悦放松。我很喜欢这座亲切温暖的城市。抵达后，当地马上为我举办了接风酒会，料理果然是以肉和香肠为主。为了准备第二天的工作，我只待了一会儿就离席了。

第二天就开始了彩排。斯洛文尼亚广播电视交响乐团和NHK交响乐团一样，都是电视台附属的交响乐团。当然在我眼里，乐团里尽是外国人。好在碰巧音乐会有个女工作人员是日本人，在交流沟通上真是帮了大忙。

与海外的交响乐团合作，常常难以按照双方谈定的内容推进，这一次也不例外。原计划乐队是对向布局的（第一小提琴和第二小提琴分坐两边），到现场一看却还是常规布局，马林巴琴少了2台，高音笛排练迟到等，出了很多状况。但是作为指挥，不能因为出了点状况就乱了阵脚，必须要稳定情绪，若无其事地开始排练，带领大家逐渐进入状态。

第一天排练，音合不起来，出错的人太多，这也是常有的事。不过随着排练的进行，乐句越来越完整饱满，音乐性上的进步也十分明显。日本的交响乐团第一天排练就很熟练，具有相当高的水准，但是在排练中的进步却不明显。这也是国民性的体现？

之后，我和整个乐团一起来到乌迪内，准备音乐会。意大利北部的这座小城拥有意甲的乌迪内斯足球俱乐部，具有一定的知名度。音乐厅的大舞台有点脏（这里还上演歌剧和芭蕾），不过看墙上贴的海报，阿巴多、郑明勋[61]、夏尔·迪图瓦，以及杜达梅尔和辻井伸行[62]都曾来过，估计应该是一个很不错的古典乐厅。但是，声音比较干涩，舞台上的音效不太好。这种场地条件下，把节奏设定得快一些，采用明确而干脆（solid）的演奏，效果会比较好。正式演出从晚上8点半开始。当地昼夜温差很大，在后台躺着休息时，我突然感到身体发冷，接着头也剧烈地疼了起来。我在这种情况下登台了。没想到演出让我大汗淋漓，竟然击退了感冒，公演也顺利结束。观众对大部分的曲目都很熟悉，对演出报以无比热烈的反响。返场加演《风之谷》时，观众席上响起了一片欢呼。一同前来的日本工作人员都瞪大了眼睛，异口同声地感叹："久石让先生在这里很有名啊——"

那段时间，音乐会都是古典乐曲目，很久没有指挥自己的作品了。乌迪内音乐会让我产生了一种意想不到的新鲜感。最大的收获，就是心里涌起了一个念头，希望尽快制作新专辑在日本巡演。

61 郑明勋：1953年— ，韩国指挥家、钢琴演奏家。就任巴黎巴
　　士底歌剧院首任音乐总监，广受关注。

62 辻井伸行：1988年— ，日本钢琴演奏家、作曲家。范克莱本
　　国际钢琴比赛中首次（2009年）获奖的日本人。

指挥家般的生活

　　前几天，一连串的指挥工作终于告一段落。这轮忙碌从意大利开始，在墨田三声音乐厅公演勋伯格的《升华之夜》和阿沃·帕特的《第三交响曲》之后，接着是在富山县民会馆举行了剧场翻新后的首场演出（在日本国内的公演乐团都是新日本爱乐交响乐团）。这段时间，简直过着指挥家般的生活。

　　我并不厌烦演出，就像在前几篇里曾写到的那样，主要是心疼没时间作曲了。这也在所难免，脑海里整天回响着《升华之夜》那样高难的音乐，自己的音符哪有机会冒出来？为了作曲，我一心想着要逐渐减少指挥方面的工作，可是夏天一到，音乐会又要开始了……心情真是复杂。

　　在富山，公演的曲目是德沃夏克的《第九交响曲"自新大陆"》，一首最流行的古典乐曲目。作为交响乐团的保留曲目，公演率很高，所以有时只在正式演出前从头到尾彩排一次。尽管如此，并不意味着这首作品很容易。在简单优美而有力的旋律背后，各乐章富于变化，结构严谨，演奏很有挑战性。前些时间听了杜达梅尔指挥洛杉矶爱乐乐团的"自新大陆"，被其充满跃动感的节奏把握，以及对作品结构清晰明确的诠释所折服。在日程安排很紧的情况下，我不假思索地选择了听这首"自新大陆"，听起来完全像是一首全新的作品，坐在观众席上的我甚至不由自主地正襟侧耳。听完演出的第二天，我一改往常利用碎片化时间的做法，一头扎进特训，埋头研究总谱。这样读总谱就像在嚼鱿鱼干，越读越有味道。似乎德沃夏克本人也并没有以挑战一部巨作的心态来创作这首作品（当然，45分钟的长篇巨制，无疑需要投入极大的精力和体力），正因如此才写得如此放松，使每一个音符都得以自由跃动。这一点非常重要。其他门类的艺术，以及体育项目也一样，一旦过度投入、过度用力反而发挥不出实力。指挥再怎么用力挥动手臂，也带动不了音乐速度，使出浑身气力也只能使脑袋前后摇晃、身体失衡。指挥自以为在竭尽全力，意图却未必能有效地传递给乐队。这跟打高尔夫球时"不抬头不用力"其实是一个道理。要放松——这在一切领域都是最重要，却也是最难做到的。

然而，还有更为重要的事。那就是，归根结底要呈现出什么样的音乐，心中要有清晰明确的意象！——我是这么想的。

在NHK的古典乐节目中，我收看了帕佛·贾维[63]指挥NHK交响乐团演奏的肖斯塔科维奇的《第五交响曲》。前文中提到过这首曲子，此处不再展开。简单地说，我认为这部作品在形式上虽然是从苦恼到欢喜，从斗争到胜利，但背后隐藏着的却是完全相反的意境。帕佛·贾维对作品的基本诠释也是如此，在演绎上更为凄厉。与音乐表象完全不同，他让恐怖支配了整部作品，表达了对当权者的控诉。第二乐章因此完全排除了一切天真和甜美，音乐呈现出一种拉线人偶在舞蹈般的黑色荒诞。这样的诠释方式，我还是第一次听到。第四乐章的节奏设定（这极为关键），毫不谦虚地说，和我的想法完全一样，特别是结尾部分，节奏变得更为缓慢，所以呈现出来的音乐不是华丽，而是深沉。

这位指挥出生于爱沙尼亚，童年时代生活在这个苏联的加盟共和国。贾维的父亲也是一位有名的指挥家，他甚至还见过来家中拜访的肖斯塔科维奇，故而对这部作品的感情非比寻常。NHK交响乐团与这位带着明确音乐意象的指挥之间产生了很好的化学反应，奉献出了一场如烈焰燃烧般的演出。

顺便提一句，阿沃·帕特也出生于爱沙尼亚。年轻时曾采用十二音技法和序列技法作曲，但遭到当局干涉被禁，后来在研究教堂音乐的过程中，思索出了现在的创作手法。如今他已成为世界上作品被演奏的机会最多的先锋作曲家，发行了很多CD，其中最值得推荐的就是帕佛·贾维的版本。他们出生在同一个国家，这种深刻的共鸣创造出了最好的音乐。

以上是我以"指挥"为主题，写下的围绕指挥这件事而展开的音乐日常。

总而言之，古典乐太美好。每当听到整个交响乐队在我的面前一齐奏响音符（这是指挥的特权），我都会为人类能创作出如此伟大的精神作品而惊叹。多少次，我都情不自禁地想：古典乐——不，不仅是古典乐，也包括其他音乐，人类究竟走过了怎样的历程才将它发展成今天的模样，今后又将会创造出什么样的音乐？正如画家高更所问的那样："我们从何处来？要向何处去？"

63 帕佛·贾维（Paavo Järvi）：1962年— ，生于爱沙尼亚的指挥家，现为美国籍。2015年就任NHK交响乐团第一任首席指挥。

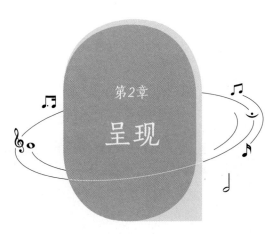

第2章

呈现

呈现音乐的方法有哪些？

　　作曲家必须用某种方式把他构思的音乐呈现出来，让其他人了解。然而所要呈现的客体是声音，看不见、摸不着。无论怎样用语言描述，对方都可能说："听你这么说感觉很棒，但音乐究竟是什么样的呢？"仅完成一个描述整体结构的设计图称不上作曲，必须有一种表达方法让乐音得以呈现。这种方法，就是乐谱。而音乐的呈现，仅有乐谱是不够的。

　　传统艺能用竖写的备忘录乐谱。但更主要的是口述，或在排练中一句一句教习。据说练一首完整的曲目往往要花上半年的时间。这期间，师傅不断指出需要修正和改进的问题，直到有一天师傅终于说："好，这首曲子可以了，我们来下一首吧。"徒弟自己完全不知道哪里好，哪里不行。这种传习方式似乎还包含了某种独特的审美。大部分人好像都认为这种师傅对徒弟、上级对下级的传习方式对于生性顺从的日本人而言是有效的——虽然我有些不能理解。不过，像日本雅乐那样，至今还保持着和400年前一模一样的演出形式，日本也有点问题（必须说明一下，我并不是否定雅乐，请不要误会）。

有点离题了。以乐谱之外的方式呈现音乐，在现代，还有磁带及其他各种数字录音的手段。流行乐等通俗音乐行业很多新作都以这种方式问世。也就是说，音乐产业的主体是以CD等硬件媒介构成的。不过近来，这种方式也出现了危机，目前也许只剩下音乐会这一种有效的呈现方式。

这种数字录音在作曲界也是有效的呈现手段，例如样带。我曾经在伦敦租公寓录制音乐，当时，我有意识地不依靠乐谱。或者说，与我合作的音乐家们大部分不需要乐谱。滚石乐队米克·贾格尔[1]全球巡演时的吉他手（听说他结束了半年巡演后，在郊外盖了一栋大豪宅。能挣这么多……真厉害！）完全看不懂乐谱，那个King Crimson[2]乐队的鼓手还有以前的成员也不识谱。但是他们能完全记住样带内容参加录音。这些乐手完全依靠耳朵，他们的演奏精彩极了。依靠耳朵记忆的好处，是不必通过大脑的语言区而直接凭听觉确保声音和记忆的一致性。当然，靠耳朵工作也有不利的一面。那就是沟通时完全依赖主观，录音往往要花费更多时间，制作成本也高。

但这种方式只在流行乐等音乐形式相对简单的领域有效。古典乐和现代音乐那种结构复杂、篇幅长的乐曲必须得有一个理性的视点，仅凭耳朵是完成不了的。

呈现音乐的方式还有很多，且待下回再续。

---

1 米克·贾格尔（Mick Jagger）：1943年— ，英国音乐家。从1962年滚石乐队成立时起一直担任主唱，也作为独立歌手活跃于乐坛。

2 King Crimson：英国摇滚乐队克里姆森国王。1968年成立以来，乐队成员几经调整，乐队甚至一度解散。乐队领导是罗伯特·弗里普（Robert Fripp）。

什么是音乐的原点？

近来一直很忙，因为同时在进行新电影和音乐会的工作。同时处理作曲和演奏的工作，日程安排不好就会手忙脚乱。此刻我刚从工作室回到家，时间是午夜1点钟。还有4天就要飞中国台湾，音乐会之前的功课却还没完成。压力巨大！可问题还不止这些……

今天早上10点起床，先练琴，然后做在台湾音乐会上演奏贝多芬"第九"的功课（也有我自己的曲子）。

下午4点去M医院请F大夫看左手和肩膀，诊断结果是肩周炎。F医生斩钉截铁地说："你是五十肩。"我本想打趣问医生"难道不是六十肩？"，医生给我左右两边肩膀连着"噗噗"打了四针，我老实了。问题是，手。医生说是"用得太多，劳损"。我有点不服气。

"可是医生，左手弹琶音，一过钢琴的中央C就动不了了。"

"没关系，没关系！"

"可是医生，真的很痛啊！"

"不要紧，不要紧！"

"痛也可以练习吗？"

"可以，可以！"

就这样，医生并没有喊停。于是我在台湾音乐会上弹琴这件事就定了。对此，我一半是安心，一半是失落。接着，从下午5点半开始做前一天交响乐团录音的电影《石榴坡的复仇》的混音。演奏很出色，录音也无可挑剔。夜里12点混音大功告成，一个月来每天12小时的工作终于告一段落。心情比较放松地回到家，才想起来还有稿子等着我写。好吧，继续工作！……台湾音乐会，"第九"又排到后面去了。这真是太棒了！

工作既然排着队来，就排着队做吧。我坐到电脑前，回想起上篇结束时自己写下的豪言壮语——"呈现音乐的方式还有很多，且待下回再续"。可这会儿睡意昏沉，脑袋不听使唤，不如写写一直萦绕在我心头的想法吧。其实，我一直认为——就算没有作曲家，也有音乐。不是吗？世界上任何一个角落都有当地长期传承的民族音乐，按日本的说法就是那些"歌者不详"的音乐。因此，如果要从头讨论"音乐的呈现"，在考察作曲家们的方法之前，似乎应该先看一看民族音乐是如何呈现的。

民族音乐学家小泉文夫[3]是我最尊敬的人。要是在作曲家之外还有什么职业让我憧憬，那就是成为一名像小泉先生那样的民族音乐学家。走遍全世界，到那些文明之光还没有照耀的小村落去录制当地口口相传的歌曲，整理成谱。每个村落都有自己的宗教和祈祷，有当地原生的音乐。我愿意去做那样的田野调查，思考"人究竟是什么？""我们从哪里来，要到哪里去？"。啊，好浪漫！可是，有件麻烦事，我特别讨厌蛇啊、蜥蜴还有蚊子。看来，我当不成民族音乐学家了。啊！又跑题了。一次，小泉先生去斯里兰卡腹地考察。当地人过着原始的生活，他们的歌只有高低两个音，唱起来完全不顾别人，也不管是否和谐，只注视着对方一心一意地唱，一句比一句有力。小泉先生见此大受感动，在书里写道："我仿佛看到了歌唱的原点。"

在与养老孟司先生合著的《用耳朵思考》里我也提到了这一段。我认为对音乐而言，这是非常重要的因素——

哪怕唱得不好，一心一意"向对方倾诉和表达"的强烈愿望必不可少。乐谱也好，备忘谱也好，都是手段而已。无论用什么乐谱，就算把斯里兰卡腹地村落里的人们所唱的音程和节奏都记录下来，打动小泉先生的"音乐的原点"也是无法记录的。也就是说，用我们认为用于呈现音乐的种种手段和方法（主要是乐谱），事实上无法呈现音乐中最核心的部分。体验最核心的那部分所需要的想象力，甚至不逊于创作一首曲子所要达到的程度。

我时常想，我所写的音乐是否比在斯里兰卡过着原始生活的人们的音乐强？是否有能让我无愧于心的价值？作曲，说到底是一种人为创作，创作的音乐当然无法超越作曲者的体验、思想和能力。什么是音乐？什么是作曲？——作曲家保持这种时常自问的态度是最为重要的吧。好像越说越复杂了呢。

天快亮了，打字的手也很疼。看来在台湾音乐会上弹琴还是不行吧！（笑）

3　小泉文夫：1927年—1983年，日本民族音乐学家。游历世界各国，研究、介绍当地民族音乐，对日本民族音乐学的发展做出巨大贡献。

是传统？还是人工？

上一篇，从音乐的呈现，写到了音乐的原点。前些日子我去了趟上海，时间久了很多感想难免淡忘，所以这一篇就写写上海之行的感触吧。

准确地说，我去的是乌镇，距离上海车程约2小时。有部中国电影在乌镇拍摄，我们前往现场观摩并商讨工作。

乌镇是个有点特别的景点。首先，整个镇归一家公司所有。什么，拥有整个镇？我能理解拥有一家大企业或者工厂的概念，拥有整个镇对我来说实在超乎想象。

乌镇以农村风貌的历史建筑为核心（当然是整修过的），周围是新建的、与之风格一致的建筑，四周坐落着与景观相协调的高级度假村、酒店、饭店等。机动车不能驶入，镇内的交通工具是高尔夫球场里的那种电瓶车。错落有致的绿化、树林里传来阵阵鸟鸣，鸟鸣声听起来种类不多，所以我猜测是录音。乌镇原来的居民把土地和建筑出让给现在的所有者并搬离，但还在镇里的商店、餐馆工作。景区十分热闹，有年轻的情侣、中老年夫妇、各色家庭在这里游玩。这座人工改造的镇子看起来十分自然，我却感到有点儿别扭。但再过个几十年，乌镇终究会变成一座有历史感的、让人安心的古城吧。人工造的东西，也不能一概说不好。

比如现在巴厘岛的凯卡克舞（kecak），是以《罗摩衍那》的故事为题材，由德国画家瓦尔特·施皮斯[4]和巴厘岛人共同创作完成的。用男声合唱替代甘美兰（Gamelan）的《罗摩衍那》，1933年开始尝试由160名舞者表演，之后进一步发展成今天凯卡克舞的原型。——维基百科是这样介绍的。

那之后，凯卡克舞一直为游客们表演至今。这种舞蹈的确具有某种打动人心的东西，所以今天依然吸引为数众多的游客前来观赏，并没有人在乎这是传统还是人为创作。

顺便一提，甘美兰音乐和凯卡克舞的发祥地——巴厘岛的乌布，是这个世界上我最喜欢的地方，因此还写了

*Monkey Forest*这首曲子（凯卡克舞也称"猴舞"）。当地的阵雨是名副其实的"倾盆大雨"，夜幕也毫不夸张地可以说是"乌漆墨黑"。食物特别美味，人们的笑容有点神秘。简直是"乌布陌影"（Stranger Than Ubud）[①]。

回到正题吧。还有一个地方也让我常常思索：究竟是传统，还是人造的。多年前，我去过非洲中西部的马里共和国。那里的传统也经历了大幅的人工改造。马里分为三个区域，北部的撒哈拉地带，中部的萨赫勒地带，南部的苏丹地带。大部分地区都是沙漠，人口主要集中在中部的尼日尔河流域。马里人热爱歌唱和舞蹈，有世袭的传统音乐家族"格里奥"（Griot）。马里歌唱家萨利夫·凯塔[5]闻名世界，虽然他并没有"格里奥"身份。

马里的北部、中部、南部，有各不相同的民族音乐，乐器也不同。我见到一位马里大学的音乐教授，他所进行的研究是要把这三种不同的民族音乐统一起来，让学生们改良乐器并进行演奏。我对此有些疑问，问这位教授："让传统保持原有的状态不好吗？"——当然是通过翻译。他听了以后回答说："并不是这样。如果听之任之，

---

① 美德合拍的电影《天堂陌影》原名"*Stranger Than Paradise*"，作者在这里是戏仿这部电影的名字。

传统很快就衰微了。再不会有人演奏，也没有人聆听。我们必须把三种不同的传统艺术糅合到一起，让它适应这个时代。这是保留马里传统的唯一途径。"

这番回答也许还有另一层意义。马里共和国在结束法国殖民统治后独立，然而内战从未停歇。经过漫长的军事独裁体制和2012年北部纷争，至今治安还在持续恶化。21世纪不是团结大同的世纪，而是主张差异的时代。把这个国家不同的传统融合在一起，为国家的统一做些贡献——当时，教授也许有这样的想法。后来我们通了一两次信，再后来就断了音信。不知如今他过得怎么样。

---

4 瓦尔特·施皮斯（Walter Spies）：1895年—1942年，德国画家，兼具舞蹈家、音乐家的才能。在巴厘岛停留期间参与了凯卡克舞（男声合唱与舞蹈剧）的创作。

5 萨利夫·凯塔（Salif Këita）：1949年— ，马里共和国创作歌手。由于患有先天性白化病，在成名前曾遭到迫害。

作为呈现手段的乐谱

第二章，打算谈谈"音乐的呈现"。作曲家们主要用乐谱呈现音乐构思，但乐谱其实无法表达音乐的所有内涵。而人们呈现音乐的行为，本身又意味着什么？——之前，有一篇写了拼命唱歌给对方听的斯里兰卡原住民。在第一章，我记录了自己全身心投入指挥贝多芬"第九"时感到的"神的降临"的体验。

我写了种种不同的音乐呈现方式、人和音乐的关系（音乐本身是什么？）、演奏要呈现的又是什么，等等，也许，"音乐的呈现"才是这本书最为核心的主题。

在这里，让我们重新回到乐谱——一个人向另一个人呈现音乐的手段。

古典乐的历史，也是作曲家的历史。上小学时，音乐教室墙上贴着音乐史年表。我记得，墙上的年表配有肖像画，从音乐之父巴赫、音乐之母亨德尔[6]（好像前面还有一行小字写着维瓦尔第[7]）开始。读小学的我想当然地认为"音乐之母"亨德尔是位女士。

不谈这些了。重要的是，音乐当然在这个年表开始前就存在了。从古希腊到中世纪，再到文艺复兴，涌现出了众多音乐家，国与国之间的音乐交流也十分活跃。然而，由于没有彼时的乐谱、文献传世，今天难以把握当时的实际情况。为了在国立音乐大学作曲系授课，我曾研究过弦乐四重奏的历史。弦乐四重奏的历史可以追溯到16世纪初英国的"维奥尔琴（Viol）四重奏"，维奥尔琴差不多是小提琴的前身。从弦乐四重奏的历史亦可知，有人作曲，有人演奏，乐事本身延绵不绝，只是当时没有将音乐记录下来以传后世的方法。巴洛克时代开始有文献和乐谱流传下来，音乐课上讲授的古典乐的历史就从那以后开始的。

巴洛克以前，作曲家常常就是演奏者，彼时也没有著作权的概念，所以常常把流行的歌曲或者其他人创作的曲子作为题材，改编后在音乐会上演奏。乐谱也分为备忘谱和较为完整的乐谱。

举个例子，17世纪初德国有两位大作曲家，迪特里希·布克斯特胡德[8]和约翰·亚当·赖因肯[9]，他们为北德管风琴乐派的发展和繁荣奠定了基础。我曾经录过前者的作品，布克斯特胡德是我非常喜爱的作曲家，他还留下不少声乐、管风琴、室内乐的乐谱（也有很多乐谱失传了）。而后者是当时极受欢迎的管风琴演奏者，擅长即兴演奏，因此除了一些简单的备忘谱几乎没有什么乐谱传世。

两者性格迥异，但都是出类拔萃的管风琴演奏者（当时管风琴是教堂的标配）。两人都给予后来者巴赫深刻影响，是非常重要的音乐家。

赖因肯擅长的即兴演奏，如果听爵士音乐一定不会陌生，演奏者被赋予的自由度很大。20世纪以后，作曲家尝试用图形乐谱将不确定性纳入乐谱。我20岁出头的时候也写了不少，大部分是受当时时代氛围影响之作，缺乏逻辑性。那些谱子儿乎都没留下，也可能是塞进壁橱的哪个角落了。

的确，即兴演奏极富魅力，但并不存在完全自由的即兴演奏。如果有，也是自娱自乐的范畴。即便是凯斯·杰瑞[10]的名碟*The Köln Concert*（《科隆音乐会》），也是事先在头脑中规划好了的，现场即兴弹奏绝对不是随意的、想怎么弹就怎么弹的结果。很多爵士乐有主题旋律，和弦

（chord）、节奏也在演出前对好。所谓"即兴演奏"是在某些约定范围内的即兴弹奏。20世纪60年代到70年代，有一批自诩自由爵士乐的乐手反对这种事先约定的做法，打破传统在现场激情四溢地自由演奏。我也曾是自由爵士音乐会的常客，不知道现在是否还有这样的演出。自由爵士乐几乎和多瑙埃兴根音乐节发端的一系列前卫音乐同时兴起，这一巧合也颇耐人寻味。

言归正传。虽不属于即兴演奏范畴，但作曲家有将音乐留给演奏者即兴处理的记谱方法，巴洛克时代的"数字低音"就是其中一种。为大提琴等低音乐器所写的音乐用数字来表示，羽管键琴据此弹奏和声。比如Do音写着5（有时候不写），羽管键琴就从下往上Do-Mi-Sol。如果写着6，就是Mi-Sol-Do，64的话就是Sol-Do-Mi。这个方法很方便，为简化乐谱做了很大贡献。和声学中还有别的记录方法，但最厉害的还属爵士乐的和弦名称。

---

6 亨德尔（Hänedl）：1685年—1759年，生于德国、活跃于英国
   的作曲家。作为巴洛克后期作曲家，创造了伟大的业绩。作品

有《水上音乐》《弥赛亚》等。

7　维瓦尔第（Vivaldi）：1678年—1741年，意大利作曲家、小提琴家。1725年发表作品《四季》。

8　迪特里希·布克斯特胡德（Dieterich Buxtehude）：约1637年—1707年，德国作曲家、管风琴手。巴赫时代前的管风琴巨匠。

9　约翰·亚当·赖因肯（Johann Adam Reincken）：1643年—1722年，荷兰作曲家，在汉堡学习管风琴，任圣瑟琳教堂管风琴手。

10　凯斯·杰瑞（Keith Jarrett）：1945年—　，美国音乐家、爵士钢琴演奏家。本人不问体裁，也演奏巴赫、亨德尔等人的作品。

演奏时的自由度——爵士乐和古典乐的差异

在网上查"和弦名称"，会看到这样的解释：最终产品名（型号）未定，在开发中的硬件/软件的名称。原来如此！原以为这是音乐术语，其实不止音乐界在用，而且还在开发中。如果把写出来的乐曲看作最终产品，那么"和弦名称"表示的是其途中的过程。的确，在作曲的初期阶段，乐谱上写旋律有时候会用"和弦名称"来简单标注和弦。当然，和弦配置非常重要，最终乐谱上一定会写明确。作曲过程中用简明的方式使整体更清晰明朗也十分要紧。

"和弦名称"简明地表示和弦，但这只表达了音乐三要素——旋律、和声、节奏中的一个。很多作曲家把大量时间花在推敲包括不协和音在内的和声或者混声中。大编制的交响乐总谱由大量的音交织而成，总谱看起来让人头昏脑涨。古典和浪漫派的作品纵向和声中规中矩，很多时候完全可以用"和弦名称"来标注。也就是说，在分析乐谱的时候，"和弦名称"非常有用。把"和弦名称"用到古典交响乐里虽有一种牛头不对马嘴的感觉，但时间紧张来不及准备的时候，我会在总谱最下方标注"和弦名称"。这也是我不太愿意给别人看自己总谱的原因。不过，我也会在其他职业指挥的总谱上看到一样的记号。

前文写过，爵士乐的即兴演奏是在某些约定范围之内的自由。这里姑且不谈什么是爵士乐、爵士乐的根本精神是什么，只谈乐谱究竟能把音乐呈现和表达到什么程度。

简化的记号法给予演奏者相当大的自由。比如C和弦，构成音是Do、Mi、Sol。至于如何配置，放在什么音域都由演奏者说了算。老老实实弹Do、Mi、Sol是业余水平，职业演奏家会加入更多的音符。演奏者自由演绎的"外音和弦"（tension chord，引入和弦外音符，制造有高度张力的和弦）以及伴随和声进行的"经过和弦"（passing chord）之间充满冒险的互动才是爵士的至高妙趣。

给予演奏者一定自由度在古典乐中也同样重要。原则上，演奏者应当照作曲家的乐谱来演奏，但原原本本照谱演奏未免机械无趣。演奏者有多少呈现音乐的意图，就有多少种不同的音乐阐释。允许演奏者自由阐释的空间恰恰是古典乐的至高妙趣。所以，难度特别高的现代音乐——排练机会少也是原因之———为正确演奏乐谱就耗费了乐队所有的精力，大部分时间根本谈不上演奏者的音乐阐释，演奏者的自由度被大大限制。反过来，就算是总长超过一小时的交响曲，如果经常有机会排练，演奏者驾轻就熟后，阐释作品的余地和范围也会逐渐扩大。在日本演奏的贝多芬"第九"就属于这种情况。指挥的意图当然也起到很大的作用。但直接发出声音的是演奏者，这种阐释的自由会让音乐变得丰富灵动。

爵士乐和古典乐的重大差异，或者说各自的特点还表现在编曲上。以四重奏为例，爵士乐有节奏乐器：鼓、贝斯；旋律乐器：钢琴、萨克斯、小号等。这样的乐队，无论演奏者各自如何激烈演奏，不同乐器的音色还是清晰可辨。架子鼓手无论多么激烈击打吊镲或嘭嘭鼓，都不会淹没贝斯的声音。爵士乐中，贝斯的线条十分关键。无论哪个乐手沉浸在即兴演奏中，都能听见其他乐器的声音——因为各种乐器音色不同不会彼此淹没。流行音乐和摇滚把这样的编曲发展成一种娱乐。鼓、贝斯、键盘乐器加上吉他，最后加上人声。大部分唱将也兼吉他，特别是还没有走红的乐队（笑）。

另一方面，说起古典乐的四重奏，最标准的是弦乐四重奏。古今东西的作曲家都写过的弦乐四重奏，细谈起来可以写一本书。这个编制十分强大，而且具有深入的可能性。最大的特点是音色均一：两把小提琴、一把中提琴和一把大提琴。虽然乐器大小不一，但同为弦乐器，音色具有同质性。换句话说，四把琴的声音会融合到一起。因此，既可以演奏细腻的旋律，也可以配合出精妙的合奏，无论怎样变换乐器的组合，声音都是和谐的。所以，这种组合拥有无限可能。

合奏乐器音色相异，赋予演奏的自由度，与弦乐器音色融合而赋予演奏受到一定限制的自由度，这正是爵士乐和古典乐在呈现音乐时体现的不同。两者之间没有优劣高下，不同的音乐有不同的表现方式，体现在乐谱上的自由度也不同。

演奏记号的使用

（上篇）一边和爵士乐作比较，一边介绍了古典乐的乐谱。此篇想以柴可夫斯基[11]《第六交响曲"悲怆"》为中心，谈谈音乐记号中的演奏法记号（也谈强弱记号和表情记号等）。呈现音乐时，这也是乐谱中非常重要的组成部分。

好久没有演奏柴可夫斯基了，这次是和京都市交响乐团合作演奏"悲怆"。柴可夫斯基当然不是简约主义，但作品里犹如怒涛拍岸般一浪接一浪连续的乐句、优美旋律中的沉默、铜管的咆哮，也许正是我擅长的。最近正在和图形乐谱奋战，看到"悲怆"的乐谱莫名心安。这种有符杆（意味着有拍子）的正统乐谱，很容易在头脑中形成具体的音，整体感也比较容易把握。但这次让我感到头痛的是演奏记号。

请大家想象一下，把乐谱和总谱上音符以外的记号都去掉，只剩下"小蝌蚪"会是什么样？无趣而枯燥吧！现在，我大部分作曲工作都在电脑上进行，花几天写完一个段落打出来的简易乐谱（condensed score）就是这样。在这之后要手写 f（forte）啊、p（piano）、$\longrightarrow$（crescendo）、$\longrightarrow$（decrescendo）[1]，还要写上 *con brio*（生气勃勃地，有活力地）啊、*misterioso*（神秘地）等。明明是日本人，演奏记号却要用意大利语写。这是约定俗成，没办法。不过也有不少德国作曲家用德语写，法国作曲家用法语写。顺便一提，柴可夫斯基是俄国人，他也用意大利语写。有了这些演奏记号，乐谱才有了流动的血脉，从五官模糊、面无表情，变得五官清晰、栩栩如生。

　　其中，强弱记号有两层意味。表现物理音量的侧面和表现心理、情感的侧面。例如"p"，在物理上应弱奏，但另一个侧面可以表示"非 f"的。如果用 f，则不仅意味着音量上强，而且是"有力地演奏"。为了避免指令不清，如果要表达"温柔地歌唱优美的旋律，仿佛将一切都揽入怀中般"的感觉就要用 p，或者 mp（mezzo piano）、mf

---

① "$\longrightarrow$"和"$\longrightarrow$"在乐谱记号里表示"渐强"和"渐弱"。

（mezzo forte）、*meno f*（meno forte）等。不同作曲家会选用不同的记号。德彪西[12]在表达倦怠感的时候，用*p*、*pp*等各种记号。所以，如果只是在音量上忠实于这些记号，很可能会被其他声部淹没变得根本听不见。

柴可夫斯基偏向强弱记号物理层面的意味。"悲怆"开头六小节主题由巴松管演奏两次（低音提琴和中提琴在后半段加入作为背景——这样大胆的交响编曲获得极为美妙的效果）。每个音节上标着*pp*、*p*、*mp*、*sf*（sforzato forte，加强），不仅如此，作曲家还标注着*crescendo*（渐强）、*decrescendo*（渐弱）。也就是说，这6小节是波浪般地逐渐增强，最后自问般地再次变弱。这是作曲家尝试通过用物理记号来表现情感。作曲家要求的演奏处理相当复杂，由此似乎可以窥见柴可夫斯基的性格。整个作品的演奏符号都写得极为精细，最后通向著名的第四乐章"哀歌"（这是我个人的理解）。

说起来，贝多芬、马勒的演奏记号也十分精细，仿佛作曲时对于乐谱未尽表达的内容（音乐的三要素：旋律、节奏、和声）都寄托在演奏记号上了。

事实上，作曲家写强弱记号和表情记号要花费相当大的精力。撇开独立的音乐作品不说，写电影音乐的时候

mp、mf等演奏记号很多。因为f可能会盖过台词，而p可能会被效果音淹没，所以尽可能不用。柴可夫斯基也经常用mp、mf。贝多芬很少用这么软弱的记号，他多用ff、pp，而且sf也经常出现在他的乐谱里，非常雄壮有力。因此，演奏贝多芬时，p和f不要太过火，不然无法体现出pp和ff的意味。

因此，在"世界梦幻交响乐团"音乐会上演奏《辉夜姬物语》的交响乐版时，我本打算加强所有的强弱记号，但最后还是保留了mp、mf。可见作品一旦写出来，就不太容易改动。

综上所述，每个作曲家所用的演奏记号的内涵是不同的。他们写了曲子之后，根据各自的理由在乐谱上标上了演奏记号，将音符未尽之意寄托于此。

---

11 柴可夫斯基（Tchaikovsky）：1840年—1893年，俄国作曲家。除了交响乐与歌剧，还创作了如《天鹅湖》《睡美人》《胡桃夹子》等芭蕾舞剧名曲。

12 德彪西（Debussy）：1862年—1918年，法国作曲家。印象派音乐的鼻祖，开启了法国近代音乐的大门。作品有《牧神午后前奏曲》《大海》等。

乐谱的不完整性

以"音乐的呈现"为主题，我在第二章写了关于乐谱的种种（途中几次跑题）。接下来该做个归纳和整理了。

我从大学时代起就珍藏着的《标准音乐辞典》（音乐之友社出版）对"乐谱"的解释简明扼要："根据一定规则记录乐曲的方式。现在主要指五线谱，但广义上不限于五线谱。"很长一段时间，这本辞典一直占据我书架正中的位置。几乎没怎么用过，书页发霉发黄很厉害。最近为了指挥常常用这本辞典查音乐术语（意大利语、法语、德语等）和曲式什么的，这本辞典帮了我大忙。如今这本散发着霉味的辞典时刻都在我的书桌上，一天都少不了。

接着，我又查了"记谱法"。和"乐谱"不同，这个词条后面有一大串解释。摘要如下："音乐可视化的表记方法，如今欧洲的五线记谱法（17世纪以后确立）被广泛采用，但用这种方法来记录其他时代、其他地区的音乐，是不完善且不充分的。"——言辞凿凿，毫不客气，接着继续道，"众所周知，用五线记谱法记录18、19世纪的欧洲音乐也有各种制约"。也就是说，今天我们演奏的大部分古典乐也不能用五线记谱法表现清楚！音乐大学的毕业生读了岂不是要当场昏倒在地？辞典真可怕！

还没完呢。"现代音乐试图突破五线记谱法的缺陷，进行了各种尝试。"有一点需要申明。这本辞典出版于1966年，那个时代对现代音乐还抱有某种期待，认为音乐从过去走向现代是不断向前发展的。所以，辞典里的说明也流露出对现代音乐克服五线记谱法缺陷的信心。如今很少听到有人在做这种尝试了。现代从各种意义上说都让人觉得是在退化。

顺便多提一句。关于辞书、辞典，读一读三浦紫苑[13]的小说《编舟记》（光文社出版）就明白了。辞书、辞典上所记载的并非绝对真实，而是当下被人们广泛接受的事实。这本音乐辞典由很多音乐学家执笔，"记谱法"这个词条的编写者是皆川达夫[14]。著名音乐学家皆川先生是以研究中世纪和文艺复兴音乐而闻名的。

让我们继续正题。皆川先生并不否认五线记谱法是古今所有记谱法中最富表现力、最具优势的一种方式，但他总结说："归根结底，记谱法只是一种权宜的手段，通过乐谱完全表现作曲者意图本质上是不可能的。"同时，他警告说："每种记谱法都与特定的音乐样式有着密不可分的关系，将某一体系的记谱法记录的音乐整体移植到另一种记谱法中去，音乐本身可能会发生改变，甚至遭到破坏。"皆川先生的这段文字充满启示。

乐谱不是绝对的。诚然，演奏者应悉心从乐谱中获取尽可能多的信息，然而，只机械地演奏乐谱上的记号，由于乐谱本身的不完整性，演奏所呈现的音乐也是不完整的。因此，指挥家和演奏者都会阐释乐谱背后，或者说五线谱行间的意味。我本人的想法是：尽可能忠实于乐谱，即使乐谱本身具有不完整性。理由是，这样做总比演奏夹带个人多余的想法来得好。

顺记一笔。关于记谱法，这本辞典上还介绍了纽姆记谱法、图式记谱法、文字记谱法、节奏模式记谱法等。很多记谱法闻所未闻。其中有一种有量记谱法，几乎全都是图形。有量记谱法的时代无法确定，谱面看起来十分前卫，图形优美端正、构思缜密，完美体现了人类的感性和知性。生活在不同时代的人们真诚地面对音乐，从中获得快乐，珍爱音乐带来的感动，试着将这种感动以某种形式记录和呈现。乐谱所记录的，无疑是人类的财富。

什么是乐谱？是为把音乐传递给演奏者而视觉化的手段。人们经由视觉获取这些信息后传递给大脑，再将这些信息转换为声音。所以，简单地说，乐谱就是对音乐的视觉化。

职业演奏者能迅速地把视觉信息传递给身体，通过身体运动将信息转换为声音，同时，听觉也必须保持兴奋，监控音程与节奏。这一切都由大脑全面控制。而职业演奏者要不断修炼，达到无须思考仅凭反射就做出正确的身体动作的程度。这里当然有着复杂而神秘的机制。关于视觉和听觉的问题，我打算在本书的第三章再详细讨论。

---

13 三浦紫苑：1976年— ，日本小说家。所著小说《编舟记》描写了出版社职员勤奋努力编纂国语词典的故事。

14 皆川达夫：1927年— ，日本音乐学者。著书有《中世·文艺复兴时期的音乐》《巴洛克音乐》《乐谱的历史》等。

面对交响乐队，指挥如何阐释音乐？阐释什么？

在第2章，我以"音乐的呈现"为主题，主要讨论了乐谱的各种问题。在本书第一章，我写过《乐音成为音乐的瞬间》。本篇我想讨论一下，为了抵达这个瞬间，指挥家面对交响乐队，应该如何阐释音乐，阐释音乐的什么。

首先，作为一种阐释手段，指挥可以用语言。我指挥海外的乐团——比如亚洲巡演等，用音乐术语和简单的英语词句就可以基本表达自己的意思。"more piano（再弱一点）""you rush（你快了！）"……据说卡洛斯·克莱伯[15]指挥《蝙蝠》序曲时对乐队说："这个八分音符尼古丁不够，再来点焦油或其他的。"文学性强的指挥大概就像克莱伯那样向乐队提要求的吧，我用的语汇都是十分简单的。

"这里应该这样……"接着长篇大论地解释一番，这不是我的风格，我给出具体的指令。作为一名作曲家指挥古典乐，从这个角度，甚至仅从这个角度去解释和要求。例如，乐谱在旋律之外，对第二小提琴和中提琴的部分也写得很精细——既然作曲家这样写了，那就要好好表现出来，让这一部分的音乐呈现得更为立体。所以，很多时候，比起旋律，我把更多的精力放在调整内在声部和节奏上。

不过，偶尔也会有这样的情形。我有一首乐曲《世界的梦想》（*World Dreams*），旋律清晰明朗。与新日本爱乐交响乐团录制这首曲子的时候，乐队演奏得很好，但我希望他们能再多表现出一些气势。于是，我向乐队解释自己为什么会写这首曲子。作曲时，我脑海里是2001年9月11日飞机撞向世贸大厦的画面，还有在战火中因饥饿而哭泣的孩子的面庞。我写这首曲子的时候，脑海中满是这样的悲伤画面，心里祈祷着终有一天"世界的梦想"——和平能成为现实。听我说完这番话，乐队再次演奏时，声音完全不一样了。可见，语言沟通的确是有效的。

这次，时隔许久，我要指挥肖斯塔科维奇的《第五交响曲》。为此，我正在认真准备中。最深切的体会是：只和交响乐队强调强弱、节奏，并不能说清楚自己想要表现什么样的音乐。单纯强调强弱和节奏，看乐谱就行了，乐谱上写得很清楚。翻来覆去强调这些，乐手会嘀咕"这些事你不说我也知道"。而且，以肖斯塔科维奇"第五"为例，铜管乐器的合奏部分，整体而言音量巨大，而实际上各乐器声部的强弱记号各有微妙不同。在这种地方，指挥家首先要准确把握乐谱的差异，冷静地听辨乐队发出的声音，再明确告诉乐队想要他们演奏出什么样的音乐。然而，这种方式最后不免流于机械的指令——这里弱一点，那里强一点。这么一来，很难真正塑造音乐。p的地方，再强调p也不能表现什么。但是，如果解释说"这里不是甜美的感觉。虽然是p，但要表现出俄国大地那种彻骨的寒冷"，乐队会明白：啊，原来指挥要的是那样的声音。

如果不说清楚想要乐队演奏什么样的音乐，只反复在细节上提要求，乐队很容易陷入被动和保守——按照指挥说的做，小心别出错……一旦陷入这种状况，永远都无法抵达"乐音成为音乐"的那一瞬间。但这并不是说，细节上什么也不要求。

比如，贝多芬《第九交响曲》第一乐章的开头。很多指挥家用*pianissimo*（极弱地）来演奏，音量压得极低，营造出一种来自深渊的声音效果。但我比较重视第二小提琴和大提琴6连音刻画的节奏，所以不会过度地弱奏。进入第二主题，一般都会减慢，但我无论如何都想保持速度，演奏出结构坚牢、清晰可触的贝多芬来。在第一次练习的时候，就把自己的要求和乐队说清楚。这样做，乐手们才能明白指挥希望在整体上表现什么。排练通常只有两三天时间，说得夸张些，指挥最好在排练一开始的10分钟之内就把自己的意图说清楚。

然而，最近指挥的工作对于我而言，开始变得沉重起来。同一首乐曲，第一次和第二次、第三次，完成的水平完全不同。第二次比第一次好，第三次又比第二次好。每次都有新的发现。这让我意识到，做指挥工作需要更多更多更多的时间啊！

---

15 卡洛斯·克莱伯（Carlos Kleiber）：1930年—2004年，奥地利交响乐指挥，有"天才指挥家"美誉。指挥过世界各国的音乐会，但由于不喜欢录音，现存音乐会录音很少。

乐队首席是干什么的？

　　上篇写了指挥家面对乐队，该如何阐释音乐、阐释音乐的什么。乐队首席（坐在第一小提琴最前列、靠观众席的那个。可以说是乐队的领袖人物）是乐队和指挥家交流的桥梁。那乐队首席的工作职责是什么呢？这恐怕少有人知道了。

　　首先，我常常感到不可思议的是，担任乐队首席的小提琴手常常一开始就是首席，或者是作为首席候补进入交响乐团的。很多人大概以为，乐队首席是从小提琴的后排开始，在交响乐团积累了充足经验后慢慢晋升，最后成为首席的。实际上这样的情况很少。交响乐队演奏经验并不丰富的年轻小提琴家，也可能一举成为乐队的核心人物——乐队首席。

那么，具备什么样的资质才能成为乐队首席？小提琴当然必须拉得十分出色，优秀的组织才能和领导力也是必需的。演奏技术、领导才能、人格魅力，或者说某种"光彩"……必须是一个在乐队演奏员们看来能安心追随的人。如果很年轻，那就是一个让人感到有培养前途的青年。而且，一个乐团的乐队首席，如果去其他乐团，一般而言也是作为乐队首席。

再看看幕后。后台一般有指挥专用的休息室，乐队首席也有自己的休息室。而其他演奏员并没有专用休息室。也就是说，在交响乐团里，乐队首席的地位是特殊的。

那么，乐队首席的工作是什么？我第一次指挥交响乐团的时候，想给木管演奏员发一个指令。我想当然地认为和木管演奏员之间会有一个视线交流，可木管演奏员的视线并没有看着我。我循着他的视线看去，发现原来他是看我左下方的乐队首席。

为什么会出现这样的情况？当乐队与一个不太熟悉的指挥合作时，乐队首席必须及时领会指挥的意图，而乐队则跟随乐队首席——这是交响乐队的基本格局。乐队首席的作用如此重要，可以说他就是乐队的灵魂。

我指挥时，激动起来节奏也会越来越快。熟悉而有默契的乐队首席，这时会故意放慢节奏，并用眼神提醒我"这里还不能快"，我也用眼神回应表示收到他的提醒。在演奏中，这就像哼哈二将的对话。

再大的乐队编制，再复杂的乐曲，指挥在某个瞬间能做的事也是有限的。大概要有8只手，指挥才能面面俱到。那当然是不可能的。对于整体把握、音乐表情等，必须要给出指令；但具体演奏、细节处理可能照顾不到。这时，演奏员们看着乐队首席的运弓来判断演奏的时机。

这一状况与交响乐队的工作方式也有关。一个交响乐团，一年演出超过一百次，想一想他们要和多少指挥合作？至少10人吧。不停地与不同指挥合作，在正式演出前排练时间又有限。在这种情况下，如果乐队所有演奏员都依靠指挥，合奏就难以达到整齐和谐。指挥打拍子（提示拍头的动作）难以理解时，大家就会看乐队首席来对拍子。

乐队演出有时会发生事故。不同声部渐渐出现合不上的苗头，眼看再下去要出大状况时，优秀的指挥能及时察觉并避免危机，乐队首席也能敏锐地察觉到。这时，首席会故意夸张地运弓，让整个乐队都看清拍头，避免演奏出现乱成一团、不可收拾的局面。为能胜任自己的职务，首席必须在一次次的演出中向大家证明：跟着他演奏没错。乐队首席的确担负着无比重要的职责。

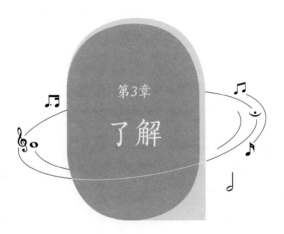

第3章

了解

视觉、听觉与音乐

2014年夏季的"世界梦幻交响乐团"音乐会终于落下帷幕。那边余音尚在，这里马上就要焚膏继晷着手准备柴可夫斯基的"悲怆"、计划10月上演的贝多芬《第三交响曲"英雄"》，以及现代音乐家亨里克·格雷茨基和尼可·穆利[1]等的总谱。其间还得抽空完成自己的个人专辑。忙啊！每天和"小蝌蚪"打交道，再次感到对于古典乐来说，乐谱就是生命。

这一章，我来谈谈视觉和听觉的问题。

听音乐，总体来说，是声音信息经听神经传入大脑后，唤起听者情感和思想波动的过程。而演奏者则更多依赖视觉。具体来说，职业乐手所做的，是从乐谱上获取视觉信息，并瞬时将之转换成声音的专业工作。指挥乐队时我常想，仅看乐谱（人们总是说好难好难）排练两三次就在观众面前演奏，这功夫还真不是一般人能做到的。演奏过多次的古典乐，总谱也都是辞典般的一厚本，这样的乐曲一年要演上100多部。多么厉害！这就是每每令我油生敬意的职业乐手！除了长年练就的演奏本领，乐手能依靠的就是视觉信息。换句话说，职业乐手的核心能力就是准确读谱和演奏的能力。

仔细想来，音乐学院的教育主要就是训练学生正确地从谱上获取信息。当然，还要传授其他一切必要的背景知识。指挥的工作也离不开读谱并在脑海中形成音乐。具体来说，在脑海中交织、构成音乐，是把视觉信息在脑中转化为准听觉感受的过程。指挥家要花很多时间读总谱。这也可以帮助我们理解贝多芬耳聋后为何还能继续作曲。不难想象，失去听觉对音乐家而言是多么绝望的境遇。幸而通过训练，人完全可以在头脑中感受声音，并把感受到的声音或构思的音乐在谱上呈现出来。当然，想要达到这样的境界得有极强的意志力。这等于让一个人靠想象咖喱饭、拉面和汉堡包来体会饱腹感。现在各位能理解听不见真实的声音是多么苦闷了吧？哈哈，写到这里竟然真饿起来了。

贝多芬的痛苦无疑是超绝想象的，尽管在头脑中构思音乐并非不可能。很多作曲家（包括我）都是在脑海中构思音乐，但最终要在钢琴上确认或在电脑上模拟。即便如此，最后和乐队录音或演奏时，仍会发现音乐和自己当初想象的不完全一样。换句话说，想象中的音乐不能得到呈现，这毕竟令人沮丧且无能为力，但同样也是作曲的乐趣所在。

马勒等很多作曲家也都在首演时投入大量时间修改乐谱。鉴于这一事实，我们也可不必过度悲观。贝多芬失聪后依然坐在钢琴前作曲，音锤叩击钢丝的震动使他能感觉到微弱的、如同从水中传来的声音。无论如何，在当今古典乐的世界里，读谱这种视觉活动与演奏时的听觉活动，两者协作必不可少。像辻井伸行那样完全用听觉弥补视觉限制而无任何不及之处的优秀演奏家，只能说是天才了。

视觉与听觉的协作，简单地说，就是把听觉信息和视觉信息在大脑中加以转换。实际上，听觉信息和视觉信息在输入时会有微妙差异。有时，耳朵和眼睛甚至传递给大脑完全不同的信息。

举个例子吧。电影1秒24帧画面，制作配乐要准确对上1/24秒的画面才行。比如镜头从室内切到室外，或画面突然闯入一个小偷，又或者四处游荡的寅次郎突然回到店里。类似的画面音乐也要配合着一起变化，制造让人大吃一惊的效果。然而这时，总感觉是音乐抢先了。也就是说，就算物理上音乐和画面（精确到1/24秒）对得分毫不差，听众也会先听到音乐。这是为什么？很有趣吧！这是视觉信息和听觉信息传导到大脑的时差所造成的。

---

1 尼可·穆利（Nico Muhly）：1981年— ，美国作曲家、钢琴家。与创作型歌手比约克等跨界合作创作了许多作品。

为什么会产生视觉和听觉的时差？

视觉信息和听觉信息输入时会产生时差，这是为什么？既然是电影，光速高于音速，理应是画面信号先抵达视觉，为了声画一致音乐该提前才对，不是吗？不，事实恰好相反。

对此，养老孟司先生在与我合著的对谈《用耳朵思考》一书中这样推测道："这可能是（神经元）突触数量的差异造成的。我们不了解意识发生的机制，但眼睛看见和耳朵听见的信息首先要由神经细胞传导给大脑，然后意识才发生——这个过程视觉系统和听觉系统所需的时间不同，两者间有时差。"

好像有道理。您是否有过这样的经历：在街上或在商店里突然听到一首熟悉的老歌，从前听这首歌时的情景一幕幕浮现在眼前，心情也因此激动和感慨起来。反过来，先回想起过去某个难忘的场景，耳畔随之响起一段旋律——这样的人则不多吧！再举个别的例子。想起某个电影画面，不知不觉哼起电影音乐；听到一段音乐，回想起那个电影画面——两者相比较还是后者多吧！比如，奥黛丽·赫本[2]主演的《蒂凡尼的早餐》。听到那首著名的《月亮河》，大部分人会联想起电影开头在蒂凡尼的那场戏，或者坐在楼梯上弹着吉他低声吟唱的赫本那楚楚动人的模样吧！这也是由于音乐首先抵达大脑而产生的现象吧？——当然，这只是我的推测。这种现象也可能是因为大脑感知音乐的部分较早就已比较发达的缘故。当人类还是动物的时候，大脑感知声音的部分应该就很发达了。我们甚至可以推测，经由前额叶进入大脑的信息比视觉信息对大脑的刺激更强。

我还注意到另一个现象。看电视转播或用DVD欣赏古典音乐会时，碰到节奏特别快的段落，指挥打拍子和乐队演奏的音乐会有微妙时差。"指挥手还没动，音乐怎么就出来了"——这总令我感到诧异。现场录制时声画无疑是对齐的，为什么最后会让人感觉音乐提前？我在制作音乐会DVD时为让声画同步也数度彻夜工作。看电影，台词和画面不同步也让我十分难受。这恐怕也和视觉与听觉的时差有关吧？当然，录音、录像器材（特别是有线的），以及家庭影音播放设备也都可能造成时差。液晶电视的画面明显比老式显像管电视慢。我家现在用4K电视……那台倒还好。为什么呢？因为我总是在看美剧，眼睛忙着追字幕，顾不上检查口型对没对上了，哈哈。不过，一般人不会在意这些吧！

生物因为其生存需要，视觉或者听觉中的某一种会更发达。如若不然，耳朵和眼睛报告的信息不一，狩猎捕食、遇险逃避时就无法做出正确判断。生物为适应其所在的环境，历经数世纪乃至更漫长的时间完成这种进化，比如蝙蝠和鲸鱼就是完全依赖听觉的动物。

人也同样，改变自己，适应环境。我曾在非洲肯尼亚打过高尔夫，那是一个英国风格、颇有格调的俱乐部。球童是位高个儿马赛族青年，穿着传统的白衣黑裤而不是民族服装。就算我把球打偏得再离谱（当然大喊"fore"），那位马赛青年也能找准方向，毫不费力地在杂草丛生的障碍区把球找到。那天我几次把球打到左右两侧障碍区，除了落进池子的，应该都被那位马赛青年找到了。马赛人视力一定特别好，一定的。和狮子、猎豹共生在非洲少有遮挡的广袤草原上，为了生存，视力和听力必须特别发达，能察觉几千米之外的动静才行吧。

又离题了。养老先生说："斯里兰卡地震（2004年）时，海啸发生前大象就一起往内陆方向逃跑了。一定是耳朵告诉大象：危险！见到这情形，人要是跟着一起跑就好了。可是人并没有跑，而是在那里磨磨蹭蹭，等眼睛看到海啸再跑，一切都晚了。"《用耳朵思考》是2009年出版的，然而之后日本发生的悲剧并没有吸取发生在别处的教训。

---

2 奥黛丽·赫本（Audrey Hepburn）：1929年—1993年，生于比利时，英国电影演员。主演的《罗马假日》《蒂凡尼的早餐》闻名世界。

音乐是建在时间轴和空间轴上的建筑吗？

耳朵明明察觉了危险，眼睛却报告"没问题"。如果听觉和视觉获得的信息有异，人类究竟应当信任耳朵还是眼睛？尤其是在当今偏重视觉的风潮愈演愈甚，人人信奉"百闻不如一见"的时代，我们该如何处理存在差异的听觉和视觉信息呢？

养老先生说："人类大脑进化产生了意识。动物的脑很小，而人脑则越来越大，产生了既不直属于视觉也不直属于听觉的'联合区[3]'。"……原来如此！如果眼睛和耳朵报告了不同信息，得有一个地方告诉大脑：两个信息都是自己的。养老先生这样说："把视觉和听觉这两种不同质的感觉统合在一起的是'语言'。有了'语言'，人类终于可以把世界作为具有'同一性'的对象来把握了。"

啊呀呀，虽然我自以为比《用耳朵思考》那场对谈时长了一些智慧，重读这段话仍有恍然大悟、醍醐灌顶之感。这段话就像勃拉姆斯《第一交响曲》第四乐章里的圆号，如同光芒从云间倾泻，又像闪电划过乌云密布的天际，令人震惊且富有启迪。

在语言里，视觉信息和听觉信息是平等的。但把这两种信息统合在一起，还需要一个要素——养老先生这样说。请允许我再引用一段。

"视觉无法把握的是什么？是'时间'。相片无法记录时间，绘画也无法描绘时间。时间不构成视觉的前提，视觉是以空间为前提的。而听觉无法把握的是'空间'。"养老先生斩钉截铁地说道。关于听觉无法把握空间，他补充道：如果说视觉对空间的把握如同笛卡尔坐标系[4]，那么听觉则是极坐标系[5]——听觉对空间的把握仅限于距离和角度，判断离开多远和在什么方向上而已。

养老先生还说："眼睛为了理解耳朵，必须获得'时间'的概念。耳朵为了理解眼睛，必须建立'空间'的概念。所以，'时空'构成了语言的基础。语言就是这样诞生的。"

"时空"这个词终于出现了！

"音乐，是建在时间轴和空间轴上的建筑。——久石让"，呵呵。

音乐包含旋律、节奏、和声三要素，是时间轴和空间轴构成的坐标系里的建筑。其中，和声是空间表现。维基百科对"时空"这个词是这样解释的："把时间和空间结合在一起的物理学术语，或表现将时间和空间并行处理的概念。"

"牛顿认为时间和空间是绝对的存在。他认为空间是物理现象发生的场所，而时间在整个宇宙内是同步和唯一的。但爱因斯坦提出了相对论……"啊，头开始痛了。经过黑匣子的时间会变慢，所以时间不是绝对的。"时空"是哲学家、科学家、艺术家（这个词近来越来越没分量了）追求的终极主题。

简单地说，视觉信息和听觉信息之间有差异，为了统合这两种信息，人类发明了语言，语言的前提是时空。而时空概念，也是音乐的绝对前提和基础。

越写越难了。前文提到视觉把握空间，听觉把握时间，对此，我想再深入思考一下。

有了时间概念，就能形成逻辑结构。比如，单独一个假名"あ"没有意义，但如"あした"（明天）、"あ

なた"（你）这样，几个假名的连续可以产生意义。把"あした"（明天）念出来必须有时间的经过。如此，在时间轴上先后出现而形成的关系，就构成某种逻辑性结构。音乐里单独一个音符"Do"没有意义，但"Do-Re-Mi""Do-Mi-Sol"这样几个音符的连续是有意义的，逻辑性也应运而生。

另一方面，绘画并不具备逻辑结构。看一幅画需要时间，但这是观者的问题，画面表现本身是无需时间经过的。因此，绘画不具备时间上的逻辑性。"百闻不如一见"——既然已见，就什么都不必说了——这种想法也让人感到缺乏逻辑性。必须澄清的是，我并没有说绘画单纯的意思。正因为这个理由，绘画可以带给人们超越逻辑的感官体验吧。

很多人都认为音乐是情感化，甚至情绪化的。实际上，音乐恰恰具有极强的逻辑性，可以说，逻辑性才是音乐的根本属性。

---

3 联合区：大脑皮层中运动区和感觉区以外的区域。占人脑很大的范围，统合人体高级机能。

4 笛卡尔坐标系：亦称直角坐标系，两条坐标轴九十度相交形成的坐标系。

5 极坐标系：一个二维坐标系统，由极点、极轴、极径和极角组成。

绘画的时间描写和音乐的空间描写

　　近来，音乐会一场连着一场。8月是"世界梦幻交响乐团"音乐会，9月初和京都市交响乐团演奏柴可夫斯基的《第六交响曲"悲怆"》和我的Sinfonia（《交响曲》），之后是北九州一个小型音乐会，钢琴要弹不少曲子——很久没有在音乐会上弹这么多曲子了。月末有一个Music Future Vol.1（《音乐未来Vol.1》），指挥当代音乐，也包括我自己的作品，还要弹琴。

　　京都音乐会上，"悲怆"第四乐章结束后久久没有掌声。指挥的手垂下后，场内还是一片寂静。我有点犯难，只好先转身向观众鞠躬致意。这时，掌声才终于响起。我以为这次音乐会评价不妙，但参与演出的工作人员对我说，那是听众还沉浸在感动中。当乐手们也满面笑容地对我鼓掌时，我悬着的心终于放下了。顺便一提，京都4日，3天都在同一家和风西餐厅吃饭。在这家吃了一餐觉得不错，便不去试别家，正好节省时间。

京都几日始终沉浸在柴可夫斯基复杂深沉的情感旋涡里。一回东京，马上开始和亨里克·格雷茨基、尼可·穆利的乐谱苦战。与乐队排练多次，还进行了分组练习。音乐会以室内乐为主，最大编制是1管编成[6]约15人的乐队（弦乐是四重奏）。这个编制和交响乐队不同，十分有趣，每种乐器一个人，每个人的声音都听得一清二楚，节奏音程一旦出错也十分明显。交响乐队有错当然也听得出来，小编制的乐队更为突出，因此需要更多练习。我自己的作品是《弦乐四重奏曲第一号》和以两台马林巴为主的《颤抖的焦虑和梦幻般的世界》（*Shaking Anxiety and Dreamy Globe*）。作品是两三年前写的，这次做了大幅改写，但对我本人而言仍不能算是新作。所以虽然忙，感觉好像还在偷懒，心中有点郁闷。这从一个侧面说明我本性仍是个作曲家吧！

昨天进行了长野音乐会的排练。这周末将和新日本爱乐交响乐团演奏贝多芬的《第三交响曲"英雄"》和我的作品《螺旋》。不巧遇上台风，排练时间比原计划大幅缩短，"英雄"没多少时间练。这种对交响乐团而言常演的曲目往往自然而然地落到大家习惯的轨迹上，想演奏出自己要的效果往往需要很多练习——当然也取决于指挥的能力。实际上演奏出自己要的效果很难，尤其这回还遇上台风这种不可抗力！我暗暗决心下一次彩排要尽最大努力。反正，又没时间作曲了。音乐会多，意味着要学习更多大部头的交响乐总谱。从早到晚盯着乐谱，脑海里满是乐谱上的音乐，完全腾不出空进行自己的构思。约稿的工作还可以进行，但总的来说指挥和作曲的确难以兼顾。在灼心的焦虑中还要写杂志连载，真是够呛。

回到正题上来吧。从物理意义上来看，视觉不含时间，听觉不含空间，但在艺术世界里，有时候这反而成为表现的重要元素。

画家面对画布描绘原本不可名状的"时间的流逝"；而作曲家则试图通过交响乐表现恢宏空间。我感觉维米尔[7]在《倒牛奶的女仆》里画的牛奶分明是在表现"时间的流逝"。维米尔的很多人物画（大部分是在他画室里创作的）——当然也有构图因素，从左边窗户射入的阳光也似乎表现了时间。这当然是某一瞬间的时间，但每个瞬间都是承前启后的，所以我们可以透过画面感受到"时间的流逝"。

而在音乐的领域，有像理查德·施特劳斯的《阿尔卑斯交响曲》那样直接表现壮阔风景（空间）的作品。要是有人问"这就算空间表现"？我承认表现方式比较通俗直接。不过理查德·施特劳斯受尼采著作启发而创作的这部交响乐今天已是交响乐团的常演曲目。此外，马勒的《第一交响曲》第一乐章、贝多芬的《第六交响曲"田园"》也可理解为一种空间描写。乐曲很多段落让人感受到大自然的景观。而在浪漫派作品里，有很多地方则也可理解为文学表现。所以不能一概说是空间表现。当然，交响乐作曲的基本原理就是立体构造。多少作曲家殚精竭虑，就是为了让听众感受到本来并不存在的空间性。

这种表现本来不存在事物的行为，是想象，也是创造。

6　1管编成：管弦乐队里管乐各部由一人担当的乐队编制。

7　维米尔（Johannes Vermeer）：1632年—1675年，荷兰画家。善于利用光源与反射光创作，被誉为"光影大师"。现存作品仅30余幅，包括名作《戴珍珠耳环的少女》。

昨天的我和今天的我，是同一个我吗？

昨天的我和今天的我，是同一个我。人人都这么想，所以这似乎是个无须讨论的命题。但细细想来，肚子不适的那个我，清晨醒来因为宿醉头痛或眼睛浮肿的那个我，真是同一个我吗？一定是大脑发出指令，让我认为那是"同一个我"——所谓的"自我同一性"使然吧。要不是这样，意识活动也就不成立了！

对此，养老孟司先生在《唯脑论》中写道："意识活动是大脑的产物。"内田树[8]先生提出，"或许意识活动的偏差，存在与认知的不一致，世界与人脑的不整合，正是知性的起源"，"把不同事物认定为同一事物的功能，即是主体性"。关于主体性，内田先生这样定义："把不同者误认为同一者的能力。"

意识的偏差也是视觉和听觉感知信息不一致的结果。为处理这种偏差，人发展了语言，创造了时空概念。——这在前几篇里写了。

又开始谈玄奥的事了。我想问的是，自我的存在是否可信，是否可靠？一个人凭什么判断我就是我？从空间角度思考，自己和他者的界限是分明的——自己和对面那个人，无疑是两个人。那么，把这个问题放到时间轴上思考又如何呢？昨天的我和今天的我，历时性地看，处在不同的点上，所以还是不同的吧！

卡夫卡[9]的小说《变形记》讲述了主人公有天清晨醒来突然变成蟑螂还是毒虫的故事。理所当然，我作为"我"的存在，突然间变成别的样子，深信不疑的自我同一性于一瞬间崩塌。然而，身体里的意识是同一个，无论是人，还是虫，"我"都是"我"。接着，"我"的身体作为虫子的特性越来越强、越来越明显，不仅遭到家人嫌弃，连自己也把天花板作为栖身之地。这部超现实主义小说提出了一个哲学命题："昨天的我"和"今天的我"是不是"同一个我"。深刻有力，实非其他作品所能及。当然，这只是本人一己之见。卡夫卡写这部小说时究竟是怎么想的，谁都不知道。

另外，关于"主体性"这个词，辞典里是这么解释的："依据自己的意志、判断来行动，并对此负责的态度与性质。"内田先生说，"主体性"是"把不同事物认定为同一事物的功能"。也就是说，把"睡觉前的我"和"起床后的我"——这两个明明"不同的我"，认定为"同一个我"的，就是主体性。而人们，把这种主体性称作"我"，以及"我的个性"。

近来，社会上充斥着"我自己""我的个性"这种说法，年轻运动员尤其爱用。对于记者"明天的比赛怎么看"的提问，他们回答说，只要能"踢出我自己的足球""打出我自己的高尔夫""赛出我自己的网球"就能赢。二十来岁就称"我自己的……"——我真想问，你们的世界当真如此肤浅？我还想知道，这些选手究竟接受了什么样的教育。这种场合，难道不该说"明天比赛会怎样我不知道，但会尽力把平时训练积蓄的力量都发挥出来"吗？难道是日语教育出了问题？顺便一提，我到了如今这个年龄也从来没有说过什么"我自己的音乐"。我没有这么说的自信。他们轻率地把"我自己""我的个性"挂在嘴边，而宽松教育对此竟然听之任之。这究竟是宽松教育的恶果，还是宽松教育的牺牲品？不不不，责备他们有什么用？问题还是出在周围成年人的身上。

又离题了。让我们回到"昨天的我"和"今天的我"究竟是不是"同一个我"这个问题上来吧。

我自己做事常以"不同的我"为前提。比如，我每天起床后首先会弹一会儿钢琴。两个目的。我把刚起床昏沉沉的状态看作开音乐会所遇到的各种消极因素（比如：紧张、身体状况不佳等），如果在这个状态下能弹，那么音乐会也没问题。第二，弹的速度是否和平时一样。节拍器的速度应该是一样的，跟着节拍器却时而觉得快，时而觉得慢。感觉节拍器慢显然是因为自己想弹快，这样的时候一般是睡眠不足或精神不佳。感觉节拍器快则是因为曲子还没练熟，不能与自己浑然一体，要不就是身体还处在睡眠状态（笑）。无论如何，对我而言，"昨天的我"和"今天的我"是不同的。

最后，我们来看一看《平家物语》里那句著名的"祇园精舍钟声响，诉说世事本无常"吧。20年前的钟声和现在的，就算氧化锈蚀有些不同，听起来差别应当不大。然而人们却在钟声里听到世事无常，这是由于听钟声的人不一样了。

万物流转，人莫能外。

8 内田树：1950年— ，日本思想家、武道家。除其专攻的法国
   现代思想之外，广泛涉猎教育论、社会论、文化论、武道论
   等，著有《私家版·犹太文化论》等。

9 卡夫卡（Kafka）：1883年—1924年，捷克作家。代表作品有
   《变形记》《审判》《城堡》等。

构成音乐三要素的坐标轴

新的一年来了。2015年1月4日我写了一首钢琴曲。第二天录音，取名"祈祷的歌"。这是我第一次写神圣简约主义风格的乐曲，用朴素的三音和弦。

乐曲一录制完立刻发给宫崎骏先生，对我们而言，这是新年的仪式。自从我为吉卜力美术馆作曲，每年都尽可能写一首新曲子。也有没完成的年份——前一年就没写，结果这一年作曲不顺。所以我决心今年无论如何都要写出来，搞得过年都十分紧张，年末的疲劳一点都没消除。

说起来，因为12月31日在大阪举行新年音乐会（Silvester Concert），年末的确没怎么休息。而且12月30日，排练的第二天感冒加重，结束后还因为发烧去看了急诊，身体状况的确不佳。那场音乐会首演我的《冬日花园》（*Winter Garden*），长达22分钟的小提琴协奏曲。幸亏关西爱乐管弦乐团乐队首席岩谷祐之先生的出色演奏，首演成功。第一乐章有个15/8拍的拍子，分成2-2-3-2-3-3的节奏很难搞，要反复练习才能掌握。"久石先生"总是写些麻烦难搞的曲子，身为指挥，我只想躲得远远的。

可能是出于这样的念头，去年从深秋至岁末，我把为管乐队写的《单声道音乐1》（*Single Track Music 1*）交给了相知多年的作曲家北爪道夫[10]先生指挥，接着又把女声三部合唱的《辉夜姬物语》拜托给东京混声合唱团的指挥山田茂先生。两个作品都是录音，有他们两位指挥，我只要专心做好监制就行。加上我肩膀的状态也很不好，手根本抬不起来。就这样，到了年底还是没躲过指挥《冬日花园》（变化拍子，且速度快），真够我受的。不过，凡事只要做，还真没什么做不成的。服了感冒药倒头睡了十四五个小时后，不仅身体轻松脑子清醒，而且乐感也是前所未有的好。当然我知道，不能长此以往。

顺便说一句。感冒严重到必须去看急诊的程度时，竟然连烟也抽不动了。看急诊的第二天演出结束后抽了一支，没味道。1月1日也抽了一支。我以为这次可以戒烟了，没想到1月2日抽了3支，1月3日6支，集中精神作曲的1

月4日一举超过了10支，1月5日录音的时候完全恢复到正常水平。好嘛，好嘛！

去年元旦那几天，好像一直在写文章。写作是整理平时思考的好机会，但作曲家不作曲到底不像话。今年接受了很多约稿，必须要抖擞精神多写曲子。

最后写几句正题吧！关于视觉和听觉写了不少，该做个小结了。

视觉和听觉的信息不一致，为了处理这种不一致，人发展了语言能力，获得了时空概念。这个时空概念，也是音乐的前提。

构成音乐的三要素小学里就学过了，旋律、节奏、和声。节奏是在时间轴上成立的，和声是一种混响，可以在一个个瞬间里把握，因此是一个空间概念。那么，旋律呢？旋律是在时间轴和空间轴上的记忆装置，提供了一个将时间轴上的节奏和空间里的和声统合在一起的记忆路径。一切音乐均是如此，复杂难解的现代音乐也不例外。不协和音、特殊演奏法、混响等是空间处理，十几个连音构成的复杂乐段、难以把握的节奏则是时间轴上的变化。再难记的旋律也有某些基本音型或者线索；序列音乐也是时间轴和空间轴上的记忆装置（虽然不太好懂）。很多现代音乐错综复杂如同当今的"脑化社会",有说服力的旋律、有力的节奏、深入人心的和弦被一一舍弃,最后终于失去对听众的影响力——这已被历史证明。如今,我们该重新审视音乐的原点。这个时代需要能吸引更多听众的当代音乐。

---

10 北爪道夫:1948年— ,日本作曲家。主要作品有《肩并肩》（*Side by Side*）、《映照》、《大地的风景》等。

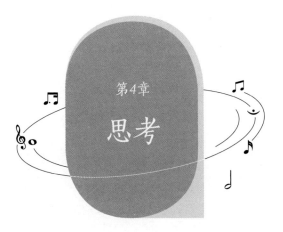

第4章

思考

听以色列爱乐乐团有感

前几天，我听了祖宾·梅塔[1]指挥以色列爱乐乐团的音乐会。周日午后，风和日丽。其实我自己的作曲工作进展不顺，原本没心思去听别人的演奏，但一来不想浪费那么贵的票，二来也想换换心情，所以还是去了三得利音乐厅。

演出曲目是维瓦尔第《为四把小提琴而作的协奏曲》、莫扎特《C大调第36号交响曲"林兹"》和柴可夫斯基《e小调第五交响曲》。如此中规中矩的古典乐曲目，可能也是我一开始提不起兴趣的原因。

维瓦尔第《为四把小提琴而作的协奏曲》中，四位小提琴手都起立演奏。作为开场不仅华丽，还营造了一种宽松愉悦的气氛，感觉不错。接下去的莫扎特虽然节奏有点慢，却是不折不扣的经典欧洲风格。演奏莫扎特可不简单。看起来很简单，好像谁都能照着谱子演奏出来，但真正像样的没几个。我不止一次听过日本的交响乐团演奏无趣乏味的莫扎特。

以色列地处中东的巴勒斯坦地区，第二次世界大战结束后于1948年建国，主要人口是犹太人。以色列交响乐团（前身为1936年成立的巴勒斯坦管弦乐团）的演奏为何竟是如此纯正的欧洲风格？我怀着这样的疑问，期待中场休息过后柴可夫斯基的曲目。柴可夫斯基的这首《e小调第五交响曲》是我作为指挥第一次登台时演奏的曲目，因此有特别的感情，对作品的理解也有着自己的坚持。

祖宾·梅塔的指挥风格严谨稳健，收放自如，在给予乐队充分自由的同时，又牢牢地把握了乐队的整体性，合奏堪称完美。另一方面，由于演奏对作品整体的呈现十分清晰，乐曲本身存在的问题——作曲家的迷思和纠结直到最后也没解开——也暴露无遗。这个问题是什么？！若要细谈，怕是文章要写得很长。乐曲开头单簧管吹出的e小调的"循环主题"，也称"命运主题"（在作品中不断复现）。演奏时如何处理这一主题决定了整体的成败。特别是第四乐章开头再次出现同样的主题，但转为E大调时，很多演奏将这一段处理成辉煌的凯歌。不过细看总谱就会发现，第一乐章开头的主题虽然转到弦乐声部并增添了若干乐器，但伴奏音的构成、配置都是一样的。尽管主题由小调转为大调了，我仍想演奏得节制一些，有所保留地呈现晴朗和喜悦的感觉。总谱上注着 *maestoso*（庄严地），要节制而缓慢地提升，这样才能突出随后登场的第一主题。反过来说，如果不这样处理，第四乐章的第一主题就突显不出来。这恐怕也是柴可夫斯基最为烦恼的一点。首演之后，作曲家本人对作品始终不能满意。我猜测，让柴可夫斯基烦恼了许久的问题也许正是"循环主题"与各章节主题的整合性。

无论如何，祖宾·梅塔和以色列爱乐乐团不加粉饰的演奏（只是速度较慢这一点不合我意），将乐曲结构交代得一清二楚。顺便一提，祖宾·梅塔并不是犹太人，但他是一位知名的亲犹派。其实，私底下我一直怀疑柴可夫斯基是犹太人。根据是什么？柴可夫斯基那浓到化不开的忧郁（但目光并不是冷峻的）难道不是犹太人共同的特征吗？然而，这种臆测并不符合事实。

犹太民族音乐家辈出。仅作曲家就有门德尔松、古斯塔夫·马勒、阿诺尔德·勋伯格、达律斯·米约[2]、阿尔弗雷德·施尼特凯[3]、乔治·格什温[4]、史蒂芬·莱奇[5]、伦纳德·伯恩斯坦等，从古典时期一直到当代，杰出人物不胜枚举。演奏家则有阿图尔·鲁宾斯坦[6]、弗拉基米尔·霍洛维茨[7]、弗拉基米尔·阿什肯纳齐[8]，丹尼尔·巴伦博伊姆[9]、耶胡迪·梅纽因[10]，伊扎克·帕尔曼[11]，吉顿·克莱默[12]……光看这些名字就知道，青史留名和当今闪耀在古典乐坛的核心人物几乎都是犹太人。可以说，不谈犹太人，我们就无法谈古典乐。

的确，地理上以色列爱乐乐团并不处于欧洲中心，不过从犹太人的观点来看，这个交响乐团才是古典乐的中心所在吧——创造古典乐历史的是他们前几代先人，他们才是直传嫡系。演奏风格经典正统，岂非理所应当？！顺便一提，这个交响乐团并非清一色由犹太人组成，以色列这个国家有20%的居民是阿拉伯裔。

那犹太画家呢？我只想得起马克·夏加尔[13]一个。犹太画家当然不止夏加尔一个，可我不知道别人了。和音乐家相比，完全不成比例啊。音乐家灿若繁星，画家却屈指可数，这是为什么？

可能与视觉和听觉的问题有关。让我们进入正题吧。

1 祖宾·梅塔（Zubin Mehta）：1936年— ，出生在印度的指挥
家，曾任纽约爱乐乐团指挥。1981年起，担任以色列爱乐乐团
终身指挥。

2 达律斯·米约（Darius Milhaud）：1892年—1974年，法国作曲
家。"六人团"成员之一，"二战"期间逃亡美国。

3 阿尔弗雷德·施尼特凯(Alfred Schnittke)：1934年—1998年，俄
国作曲家。父亲是犹太人，母亲是德国人。迫于当局压力探索
"多样式"音乐。1990年移居德国。

4 乔治·格什温（George Gershwin）：1898年—1937年，美国
作曲家。人称20世纪美国音乐界之父。作品有《蓝色狂想曲》
《一个美国人在巴黎》等。

5 史蒂芬·莱奇（Steve Reich）：1936年— ，美国作曲家，父母
均是德裔犹太人。简约主义音乐的先驱者。代表作有《为18位
音乐家所作的音乐》（*Music for 18 Musicians*）。

6 阿图尔·鲁宾斯坦（Arthur Rubinstein）：1887年—1982年，
波兰钢琴家。遭受批评后苦练技巧，成为世界著名钢琴演奏大
师。"二战"结束后成为美国公民。

7 弗拉基米尔·霍洛维茨（Vladimir Horowitz）：1903年—1989
年，乌克兰钢琴家。1944年成为美国公民。因病停演多年，
1965年，在卡内基大厅举行重返舞台的独奏音乐会。

8 弗拉基米尔·阿什肯纳齐（Vladimir Ashkenazy）：1937年— ，
出生于苏联的钢琴家、指挥家。1972年取得冰岛国籍。担任皇
家爱乐乐团首席指挥、NHK交响乐团音乐总监等。

9 丹尼尔·巴伦博伊姆（Daniel Barenboim）：1942年— ，阿根廷钢琴家、指挥家。取得以色列国籍。擅长演奏瓦格纳、理查德·施特劳斯的作品。

10 耶胡迪·梅纽因（Yehudi Menuhin）：1916年—1999年，美国小提琴演奏家。1927年在卡内基大厅演奏一举成名，1959年移居英国。

11 伊扎克·帕尔曼（Itzak Perlman）：1945年— ，以色列小提琴家，主要活跃于美国。其录音作品几乎覆盖了所有小提琴名作。

12 吉顿·克莱默（Gidon Kremer）：1947年— ，拉脱维亚小提琴家，1970年获柴可夫斯基国际音乐比赛金奖。曾演奏皮亚佐拉等人的作品。

13 马克·夏加尔（Marc Chagall）：1887年—1985年，俄国画家。用丰富的色彩描绘从重力中解放人与动物，在法国度过后半生。

犹太人的艺术表现

第3章里，我曾经引用了养老孟司先生的一段话，大体是：为了处理视觉与听觉的差异，人创造了时空概念。而内田树先生则主张，"视觉和听觉的差异，是犹太教的思想核心"，并在其著作《私家版·犹太文化论》里详尽阐述。这本书我反复读过多次（就是这么难），每每恍然大悟，犹如醍醐灌顶。我认为，了解犹太人，或许可以成为了解日本人或日本这个国家时的一个参考。这一点，容后再论。就像我在前一篇里写到的，犹太民族音乐家辈出，所以要了解古典乐，了解犹太民族也是十分有意义的。

众所周知，犹太教是禁止塑造偶像的。偶像是一种空间表象，在犹太教里被视作绝对禁忌。而时间则被认为是犹太民族宗教的本质。犹太教认为，上帝在时间上走在人的前面。这个时间差对上帝的神圣性至关重要，也是犹太文化相信"上帝不可视"的原因。塑造视觉上的神像，即意味着与神共处同一时空，因此是被禁止的。

如此，造型艺术在宗教原理上被禁止和压抑，内田先生继续道："于是，对信仰的表达就完全倾注到音乐的世界里去了。"

然而，人类对空间的感知欲是无比强烈的——亲眼看一看世界，亲身拥有各种体验。唯有经过视觉查证，人才觉得安心——就像那句"百闻不如一见"所暗示的，视觉具有强烈的冲击力。

传统上，犹太教认可音乐、舞蹈等具有时间性的艺术表现。20世纪电影产业迎来迅速发展的时候，犹太人蜂拥进入这个行业。传统产业有各种族裔限制，新兴的电影产业成了释放被压抑的表现欲的良机。最好的证明是：好莱坞8大制片公司中有7家是犹太人创办的。

接下来，让我们来思考一下"谁是犹太人"。第一，犹太人并不特指某一国家的国民。犹太人并不是来自某个单一国民国家。第二，犹太人并不是特定的人种。俄裔犹太人、德裔犹太人、法裔犹太人……犹太人来自全世界。第三，犹太人未必是犹太教徒。欧美有众多信仰基督教的犹太人。那么，犹太人究竟是谁？我们以什么来判断一个人是或者不是犹太人？内田先生对"犹太人"的定义提出了疑问，指出"事实上，并没有一个相应的现实存在来对应日语里'犹太人'这个既有词汇"，"为理解这个概念，我们必须抛弃已经深入我们骨髓的民族性的偏见"。

也就是说，按照日本人的常识，"'国民'，应该是地理上聚居并归属于单一政治单位、使用同一种语言、拥有相同文化传统的成员"，"定居海外的日本人、不拥有日本国籍的日本人、不会日语或对日本文化无甚好感的日本人——我们一般不把这些人计算在'日本人'的总体中。对我们而言，这似乎是'不言自明'的"。然而，把这种常识迁移到犹太人身上，就不能"不言自明"了。

犹太人不特指某国国民、某一人种，也不等同于犹太教徒。随即，内田先生提出了一个抽象的、哲学的命题："犹太人是谁？"不完整的引用恐怕会引起误解，有兴趣的读者不妨读一读此书。

日本人总是回避谈论人种和宗教问题。当然，也可能是因为没兴趣。这很自然——日本人是一亿人口一家亲嘛。日本人通常没有肤色不同的邻居，也无须考虑如何与生活习惯、思维方式不同的人相处的问题。也就是说，日本是个少有纷争的国家，在这个国家有一种独特的风土，那就是很多日本人认为"无须多言，心意亦通"。然而犹太人散落在世界各地与当地人共生，在长达2000年的时间里反复遭遇各种迫害甚至残酷屠杀。但20%的诺贝尔奖获奖者是犹太人，他们创造的音乐今天还在叩问我们存在的意义。我们该向犹太人学习的事情太多了。

音乐中的"犹太特性"

简约主义是一种作曲风格，我以此为基础创作音乐。但准确地说，我在继简约主义之后又经历了后简约主义（Post Minimal），或者说概念上的（conceptual）神圣简约主义（Holy Minimalism），现在我的音乐更接近后古典风格（Postclassical）。

把作曲分成各种不同流派其实没什么意义，但当我们谈论音乐史，如果把音乐分成"古典主义[14]""浪漫主义[15]""浪漫主义晚期[16]""无调性音乐[17]""十二音音乐[18]""序列音乐""音簇"等，会增加理解上的便利。当代很多作曲家是依靠自己的感性来作曲的，但这种做法可能把作曲家局限在自身狭小的世界里。因此，我认为了解自身在世界音乐潮流中的定位也非常重要。

作家写的乐曲，最终并不只属于音乐家个人，而会成为音乐史的一部分。在贝多芬的时代，不止贝多芬一个人写那样的音乐，很多作曲家（有些人在当时比贝多芬更受欢迎）在宏观上采取同样的风格，彼此意识到竞争对手的存在而切磋共进。大部分作曲家都是小心眼，都十分在意别人的作品。同时代的作曲家们当然会相互影响，在方法上趋同。最终，这成为"时代风格"，而在这个时代的众多作曲家中，经受历史洗礼最终流传到今天的，就是贝多芬。

对代表这个时代的风格不无视，不迎合，不被时代的流行捆绑束缚，在这个时代中寻找永恒的主题——这才是作曲的基本原则。哈哈，好像谈到作曲，就不由自主地激动起来了（笑）。

正统的简约主义音乐作曲家（自他公认的），只有四人。拉·蒙特·扬[19]、特里·赖利[20]、史蒂芬·莱许、菲利普·格拉斯[21]，据说其中有一半是犹太人。英国著名简约主义音乐家迈克尔·尼曼[22]（电影《钢琴课》广为流传的配乐就出自他手）父母的一方是犹太系，其本人对犹太文化有相当的理解（也许就是犹太人）。不过，就像前文所写，因为犹太人的定义不清，所以很难说清。

简约主义音乐的基本原理是反复一个小型主题（音型），让听众体会微妙的变化过程，并有逻辑性地用这个音型构筑音乐。简单地说，有规律的变化和清晰明快的结构就是简约主义音乐的生命。

这种逻辑性（因感性的释放而充满情感）恰恰是犹太人擅长的。犹太民族无疑是一个基本素质优秀、人格发展完善的民族。

我有一套哈佛大学音乐讲座的DVD《伦纳德·伯恩斯坦/未被回答的问题》。这套DVD是为在电视节目中播出而制作的。这个系列讲座的内容不仅仅停留在音乐，还涉及文学、戏剧、哲学，运用了广泛的艺术和科学知识来解读音乐史，是一套非常出色的讲座节目。题目"未被回答的问题"来自查尔斯·艾夫斯[23]的作品，我曾指挥过。1908年就写出如此前卫的作品，艾夫斯应该得到更高的评价；取这个作品的名字作为讲座题目的伯恩斯坦也品位不俗。他也是犹太人。

作曲家伯恩斯坦有两个侧面。一方面是以音乐剧《西区故事》等作品为代表的通俗音乐作曲家；另一方面是以《第一交响曲"耶利米"》（*Jeremiah*）、《第三交响曲"卡蒂西"》（*Kaddish*）等作品为代表的、受犹太教影响的宗教音乐作曲家。交响曲很久以前听过，所知甚少就不谈论了。

伯恩斯坦的作品不受特定风格或流派限制，运用爵士乐、古典乐等各种手法。换句话说，就是他的作品逻辑性并不很强。前文谈到简约主义音乐时，我曾说犹太人逻辑性强，和这会儿说的刚好相反。这仅仅是个体差异吗？不，事物是相对的，不可能只有一个侧面。通俗性、艺术性、宗教性交错融合，在这个基础上还有作曲家"不得不写"的职业使命（这么说似乎很浅薄）驱使。也许，这就是伯恩斯坦作为作曲家的宿命，或者是作为犹太人的宿命。还有一位伟大的犹太人作曲家，古斯塔夫·马勒。

马勒的作品结构比较薄弱——就像常常被人们诟病的那样，但他其实是按照传统交响乐的规范用奏鸣曲式来写的。然而，一种"永恒的忧思"（且以一种比较拗口的说法描述）笼罩着所有的作品，这种情感超越了作品的形式和结构，征服了我们的耳朵。那就是"犹太的特性"吗？让我们下一篇继续。

14 古典主义：在西洋音乐的时代划分中，从18世纪后半叶到19世纪初期的音乐。代表人物有海顿、莫扎特、贝多芬等。

15 浪漫主义：受浪漫主义思想影响产生的音乐风格，特征是富有文学性、形式自由。从贝多芬后期的19世纪初期直至20世纪，一直有沿承其风格的作品问世。

16 浪漫主义晚期：以理查德·施特劳斯、马勒等人为代表，管弦乐编制更大、和声更复杂是其主要特征。

17 无调性音乐：排除调性的音乐形式。代表人物有勋伯格、韦伯恩等。

18 十二音音乐：对音阶中的十二个半音均等处理的作曲技法。

19 拉·蒙特·扬（La Monte Young）：1935年—，美国作曲家。1958年，其发表的作品《弦乐三重奏曲》是简约主义音乐的肇始。

20 特里·赖利（Terry Riley）：1935年—，美国作曲家。1964年发表作品《In C》，被视为简约主义音乐的里程碑。

21 菲利普·格拉斯（Philip Glass）：1937年—，美国作曲家。作品受印度音乐影响。代表作是1976年创作的歌剧《海滩上的爱因斯坦》。

22 迈克尔·尼曼（Michael Nyman）：1944年—，英国作曲家。担纲电影导演格林纳威作品的音乐制作。

23 查尔斯·艾夫斯（Charles Ives）：1874年—1954年，美国作曲家、实业家，利用业余时间作曲。美国现代音乐先驱。

马勒作品中"永恒的忧思"

几年前，我指挥了马勒的《第五交响曲》。全曲共五章，长达70分钟的大作，像辞典一样厚的总谱。这本都要记下吗？我压力巨大。每天做完作曲工作回到家都要读谱到第二天黎明。

第一乐章的"送葬进行曲"和第二乐章的关联性很强。如果把这两个乐章并在一起，《第五交响曲》就和一般的交响曲一样也是四章构成。第四乐章小柔板因为被用作电影《命终威尼斯》配乐，甜美的旋律和电影一样受到人们喜爱，我也曾经几次单独演奏过这一乐章。

《第五交响曲》首演一年后出版了乐谱。但是之后的四五年里，马勒听取妻子阿尔玛和学生布鲁诺·瓦尔特[24]的意见继续补写和修改。说到出版，读者可能不太理解是怎么回事，所以请允许我解释一下。20世纪初还没有电视，也没有CD、胶木唱片、DVD，要听音乐必须去音乐会、沙龙、歌剧院，看街头艺人演奏或去啤酒吧等。作曲家都以在这些地方首演为目标创作自己的音乐。但音乐家们恐怕不会满足于一次首演，他们一定希望更多的人知道他们的曲子。

能实现作曲家这一愿望的途径是出版。当时交通不便，也不像今天这样信息泛滥。很多音乐家和爱好者通过购买乐谱、演奏、歌唱来体验作品作为娱乐。那是一个多么有创造力的时代啊。如今，这样的欣赏活动由可以在家播放的CD、DVD替代了。当然，现代也出版乐谱，但从视觉（读乐谱）转换为听觉的过程，自然不比直接可以满足听觉的方式便捷，所以大部分人选择欣赏CD、DVD而不是以读谱为乐。当然，想要自己演奏的人可以买乐谱。

总之，出版乐谱对当时的作曲家而言十分重要。不不，其实对今天的作曲家也很重要。

言归正传。马勒的本质是歌唱式的旋律。马勒乐曲里往往有好几个旋律用对位法[25]处理，所以很多时候不太容易分辨哪一个是主旋律。而马勒本人是一位超一流的指挥家，对交响乐队了如指掌，在齐奏的时候各乐器的音量和表达都写得很具体，所以乐谱密密麻麻，很难完全在脑海里想象。

马勒的交响乐忽而是优美动听的旋律，忽而又出现一段仿佛在童年时听过的那种军乐队的音乐片段，突然间又出现交响乐队的咆哮——乐思不停发生着变化。因此，在很多人看来乐曲结构不易理解，甚至挖苦说：马勒分明就是想到哪里写到哪里。不过，马勒的写法其实基本承袭了传统的奏鸣曲式。

这个时代，后期浪漫派多少受到瓦格纳乐剧的影响，憧憬没有尽头的无终旋律[26]，在音乐会上演奏的乐曲（交响曲等）也出现了很多像布鲁克纳[27]、马勒那样篇幅长大的作品。马勒本身是一个大指挥家，肯定也经常指挥贝多芬、勃拉姆斯，所以对古典乐结构必定有深刻理解，他是在这个基础上选择了自己的方法，作为"时代的表现"。不怕读者误会，我大胆地说，这也许是因为马勒"相比结构，更重视澎湃的情感"。

"澎湃的情感"，是我比较难以理解的部分。那里包含着某些难以用作曲家的逻辑分析清楚的内容。只能改变角度，以彻底歌唱旋律的方式来处理那些段落。但的确有很多地方令我无法真正明白。当然，马勒这样的大作品不指挥几次，恐怕很难谈到有自己的表达和呈现。放下这部分不说，马勒对我而言仍是一个谜。

指挥马勒"第五"之后过了一段时间，我读到了内田树先生的《私家版·犹太文化论》和养老孟司先生的著作，对"犹太特点"产生了兴趣。

我想明白了一件事——那种难以言表的"永恒的忧思"不是马勒个人的特点，而是属于犹太民族的独特的感性。这种"永恒的忧思"代代相传，既包含着崇高的理想，也含有低俗的大众性（娱乐性），两者交替出现，构成复杂的棱镜效果。仅从一个角度观察是不够的，还必须理解他所处的背景。虽然最终也未必能理解乐曲，但多少能有所意会，不再如鲠在喉。很多指挥家迷恋马勒的乐曲。马勒作品里同时包含的崇高性和低俗性，在门德尔松作曲的乐曲里有，伯恩斯坦作曲的乐曲里也有。

要是早点明白就好了。现在说这些也晚了。要是当时就明白，处理方式一定会大不一样。不过人生就是这样，还是等待下一次演奏机会吧。

24 布鲁诺·瓦尔特（Bruno Walter）：1876年—1962年，德国指挥家。20世纪的代表性指挥家，留下众多录音作品。

25 对位法：用数条独立的旋律组合构建乐曲的作曲技法。

26 无终旋律：没有明显终结感、不断向前发展的旋律。多见于瓦格纳作品。

27 布鲁克纳（Bruckner）：1824年—1996年，奥地利作曲家。作为管风琴演奏家亦深受赞誉。其篇幅长大的交响曲在后期浪漫派占据重要地位。

电影《毕业生》

电影《毕业生》是一部摄于1967年的美国电影，讲述了这样一个故事。主人公本恩大学毕业后回到家乡，在对人生感到迷茫无措之际，受父亲生意伙伴的妻子鲁滨逊太太的诱惑与之发生了不该有的关系。后来本恩认识了鲁滨逊夫妇的女儿伊莱恩，并与之坠入爱河。伊莱恩察觉本恩与母亲之间的关系后，一怒之下在夏天将要结束的时候离家回到大学校园。伊莱恩即将举行婚礼，本恩追去教堂……教堂那场戏十分著名。

这部电影是我在高中快毕业，或大学一年级的时候看的。从四五岁开始，每年我都要看300多部电影。当时这不稀奇，但也不算少了。

从法国的新浪潮派到费里尼[28]、帕索里尼[29]等的意大利电影，那段时间最令我着迷的是美国新好莱坞电影。《邦尼和克莱德》《逍遥骑士》《虎豹小霸王》《午夜牛郎》《五支歌》等，毫无疑问让我完全沉浸到了故事或角色中。《毕业生》也是其中一部。《毕业生》的音乐是保罗·西蒙[30]和戴夫·格鲁辛[31]担任的。保罗·西蒙是男声双重唱组合"西蒙和加芬科尔"的成员，为这部电影选用了他们的《寂静之声》《鲁滨逊太太》《斯卡布罗集市》等流传至今的名曲。要让我说，这部电影的主题曲是"西蒙和加芬科尔"演唱，而音乐制作是戴夫·格鲁辛。不过电影里用了很多歌曲，所以两者都成了电影音乐制作。大概只有我这种做电影音乐工作的人才会对这些细节斤斤计较吧（笑）。

《毕业生》的导演是迈克·尼科尔斯[32]，达斯汀·霍夫曼饰演主人公本恩，凯瑟琳·罗斯饰演伊莱恩，安妮·班克罗夫特饰演鲁滨逊太太，现在看来这可真是顶级阵容。

不过，这部青春恋爱电影在内田树先生看来竟然是另外一番景象。"那是一部描述犹太中产阶级家庭生活的故事。主演达斯汀·霍夫曼是犹太人，导演迈克·尼科尔斯是犹太人，演唱主题歌的西蒙和加芬科尔也是犹太人。这是一部犹太电影。"

啊呀呀，这可真叫我意外。的确，在日本，就我所知的范围，好像没有人这样解读这部电影。接着，内田先生强调道："犹太人在美国社会的微妙处境是这部电影的副线，这恐怕是日本人理解不了的。日本人没有解读人种符号的习惯。"最后，他十分肯定地总结："最后一幕是犹太青年从基督教堂里抢走新娘，从宗教的角度看，这是一个非常尖锐的故事。但这层意思日本观众大概理解不了吧！"

同一部电影，不同的人看了有完全不同的感受，这很自然。但是，在不同种族和宗教交集的日本之外各国，人们对这部电影的看法，和远东岛国日本的理解竟然如此不同！当然，不见得所有外国观众都会从犹太文化的角度对这部影片加以解读，至少在日本国内的影评或言论中，我从没听到或读到过类似的见解。难道日本真的没有多样性的意见？

第二次世界大战结束70年了，这期间日本没有发生过战争，生活在和平之中的人们往往把"全球化"误解为一个经济词汇。其实，真正的"全球化"应该是在国内推动包容、多元思维方式的过程。

读了内田先生的文章，我立刻买了电影的DVD又看了一遍（那是两年前的事了）。电影的确可以从犹太文化的角度看。一直习以为常，或是早在记忆中被安顿好的某件事，其实也可以是另外一番不同的样子——这种体验是新鲜有趣的。另外，我不禁感叹，达斯汀·霍夫曼那时候好年轻啊！接着，我就忘记自己是在看一部犹太电影，而开始关注电影里的音乐了！

戴夫·格鲁辛是活跃在融合爵士乐全盛期的作曲家、钢琴手、改编乐曲者，他与萨克斯演奏家渡边贞夫[33]的合作也广为人知。为《金色池塘》《坠入情网》等制作电影音乐，总谱非常清晰简洁，没有一丝一毫多余的用笔。

他的音乐没问题。我的感觉是《毕业生》里歌曲用得有点多了。歌曲有歌词，应该尽量避免在剧中使用。因为歌词很容易削弱剧中人物的对白，而且有说不上来的廉价感。剧终的音乐又另当别论（我个人也不喜欢用歌曲）。总之，感觉电影里"西蒙和加芬科尔"的歌曲用得还可以更巧妙些，换句话说，可以用得再少些。这当然只是我的个人看法，当时这样的电影音乐也算是一种创新吧。很多事需要足够的时间来检验。

28 费德里科·费里尼（Federico Fellini）：1920年—1993年，意大利电影导演。代表作品有《大路》《甜蜜的生活》《爱情神话》《费里尼访谈录》等。

29 帕索里尼（Pier Paolo Pasolini）：1922年—1975年，意大利电影导演。代表作有《马太福音》《俄狄浦斯王》《定理》《索多玛120天》等。

30 保罗·西蒙（Paul Simon）：1941年—，美国创作型歌手。为《寂静之声》（*Sound of Silence*）、《忧愁河上的金桥》（*Bridge Over Troubled Water*）作词、作曲。

31 戴夫·格鲁辛（Dave Grusin）：1934年—，美国钢琴家、作曲家。代表作有为《秃鹰七十二小时》《坠入情网》《黄昏》等电影制作的主题曲。

32 迈克·尼科尔斯（Mike Nichols）：1931年—2014年，美国电影导演。1966年，执导电影《灵欲春宵》出道，第二年，凭借电影《毕业生》获得奥斯卡最佳导演奖。

33 渡边贞夫：1933年—，日本爵士萨克斯演奏家。留学美国后，成为日本爵士乐界的领军人物。

音乐的进化——泛音的发现

安东·韦伯恩[34]在其演讲中谈到"一切的艺术，当然包括音乐在内，都基于合法性"，并引用歌德《颜色论》的一段话继续展开说道："正像自然科学家致力于发现以自然为基础的合法性那样，我们要努力发现自然在人类这个特殊形式中产生的法则。"而这里最为重要的是，韦伯恩总结说"音乐是合乎听觉法则的自然"。

例如，音乐并不是作曲家把自己喜欢的音排列在一起。如果那样就是音乐，那么谁都能作曲。韦伯恩的话不妨这样理解——5分钟的作品、30分钟的作品、1小时的作品，无论是长是短，都包含了值得聆听的某种秩序，这种秩序必须合乎听觉的自然法则。

那么，这种自然法则又是什么？

让我们对照平时接触的音乐，一起思考一下"音乐的进化"。

首先，让我们来思考一下"声音"吧。"声音"是空气的振动。说得更严密一些，是由高于或低于空气的平均压力（大气压）的振动引发的，以波（声波）的形式传导的现象。（见《声音百科小词典》日本音响学会编·讲谈社bluebacks）。不错，敲击太鼓，鼓面发生振动，带动周围的空气，然后这振动传递到我们的耳膜。

而声音一般被区分为乐音、纯音、噪音等。音乐活动的对象主要是乐音。乐音的振动可以标明一定的周期和一定的高度。

包括乐音在内，自然界一切声音都拥有泛音[35]。泛音是无穷的。

让我们做个实验吧。请你坐到钢琴前，用右手轻轻地按动中央C（钢琴中央的Do音），而尽量不按响。同时，请用左手强奏低一个八度的Do键，或者叩击。请注意，不可思议的事情就要发生了。那个响而低的Do音消失后，明明没有弹的那个高八度的Do却好像在什么地方发出回声。这是低八度的Do所含的泛音和高八度的Do共鸣产生的现象。也就是说，低八度的Do的第二泛音是高八度的Do，第三泛音是一个八度加五度的Sol。无数泛音在同时发生，频率越高音量越低，音程幅度也越小。

人类在漫长的历史中，逐渐发现了泛音。例如一个男人和一个女人一起唱中央Do，两者唱的音其实差了一个八度，女声Do相当于男声Do第二泛音的高度。整数比为1比2。过了500年（有人这样说，事实究竟如何不清楚），人类发现了第三泛音Sol（整数比为2比3）。人们经常聚在一起唱民谣和乡村歌曲，总有几个人唱跑调。当然有人就是调不准，不过，会不会是第三泛音呢？这个发现真是太厉害了（笑）。

就这样，人类逐渐发现了泛音，等发现了第八泛音的时候，用和声名称说就是C7（Do-Mi-Sol-Sib），事实上第七泛音的Sib比这还低，本来的泛音音程正好介于La和Sib之间。

接下来有趣的事发生了。西方把这个音理解为Sib，由此发展至今天的西洋音乐，而在非洲和亚洲，例如日本等地，则把这个音理解为La。Do-Mi-Sol-La，构成了五声音阶的原型，南美也有这样的音型，这是南美用得最多的音程组合之一，这个现象完美地体现了泛音的原理。如果想对这个问题有更全面的了解，请看伦纳德·伯恩斯坦的哈佛大学讲座DVD《未被回答的问题》。

泛音还和纯律[36]以及平均律[37]有关，这一篇里不细谈了，以后的章节里再写。说这些好像在给大学生上课一样。（在国立音乐大学作曲系上课时，我曾给大家布置过"用泛音作曲"的作业。）

就这样，人类逐步发现了泛音。其中特别重要的是Do和Sol的五度音程（纯五度），但这两个音共鸣太强，听起来反而有些生硬。纯五度是各种音乐的基础，日本音乐则以四度为基础。关于这些以后有机会再细谈。如果Do和Sol是五度，那么Do向下五度就是Fa。也就是说，当人们在向下五度发现Fa的时候，或是人类听到Fa的时候（这一发现无疑花费了漫长的时间）——这三个音构成了音乐坚实的基础。将所有的泛音综合在一起，就把音阶里所有7个音都涵盖了。

这个阶段的发现并不是人类的创造，而是韦伯恩所说的合乎法则的自然。让我们再一次回到音乐的原点。

34 安东·韦伯恩（Anton Webern）：1883年—1945年，奥地利作曲家。师从勋伯格，留下许多细腻、富有建筑性的无调音乐作品。

35 泛音：某种物体振动发出的声音中，其振动频率与基音成整数倍关系的音。

36 纯律：音阶中各音的音程关系都成整数比的声调。和声清澈和谐，但是由于音程固定，不能分配均匀，实际演奏非常困难。

37 平均律：将八度十二等分的音律。通过平均律，可以自如转调与移调。

音乐的起源——从古代希腊到《格列高利圣咏》

音乐究竟是何时、在何地发生的？又是如何持续进化的？未来的音乐会是什么样？要是成天思考这个问题，就什么也干不了了。眼下，还是专心作曲吧。

这些日子，我正在写一部计划在2015年秋首演的电子小提琴和室内交响协奏的作品，长度约25分钟，对我而言是大作品了。草稿已完成。接下去是夏季的"世界梦幻交响乐团"音乐会（只剩一个半月时间了，乐谱要提前一个月交给乐团，所以我只剩下半个月！）。交完这个乐谱，接下去还要写出低音提琴协奏曲的草稿。这期间还有别的工作，所以电子小提琴那个乐谱必须在夏末或者秋初完成……好吧好吧！

回到正题。音乐自从人类诞生之时起就一直伴随着我们。比如，刚刚出生的小婴儿不仅对声音有反应，对音乐也有敏锐的反应。我甚至怀疑，人类的DNA里肯定有与音乐有关的突触。也就是说，音乐对人类而言是与生俱来的自然现象！

音乐的起源不得而知。但是，我们可以从古代遗迹或者流传至今的文物来推测人与音乐的关系。例如：歌唱者的浮雕，或古代的笛子、太鼓、竖琴等乐器，又或用壁画、象形文字对音乐演奏的记载。很久以前，公元前3500年左右的美索不达米亚人、古埃及人，在他们生活的时代演奏什么样的音乐？声音没有保留因而无从知晓，但仅凭一番想象就让人觉得十分快活了。

而在古希腊——西方文明发祥地，人们认为当时音乐活动已经十分普遍。据说音阶、节奏、和声都已出现，音乐已经相当理论化了。实际上，在德尔斐发现的一块石碑上，有用希腊文和希腊的音乐记号刻写的乐曲。毕达哥拉斯和柏拉图等哲学家，把音乐作为宇宙和谐的根本来研究。特别是柏拉图关于音乐的思考，即使对今天的音乐状况依然是通用的睿智的启示。关于这部分，以后再专门写。我为什么会了解这些、关心这些？其实，我一直想将来要当导演拍一部关于柏拉图的电影，并为此做了不少研究。

之后，西洋音乐在5世纪前后，随着基督教的传播，作为教会音乐发展了起来。以犹太教的歌曲、各地信仰的歌曲为基础发展起来的圣歌，既是人们在上帝面前的祈祷，也是心中信仰的寄托。此外，从6世纪末到7世纪初在位的罗马教皇格列高利一世收集了各地的圣歌并加以整理统一，完成了所谓《格列高利圣咏》。但是学界认为《格列高利圣咏》是更晚一些才完成的，这种说法很有影响力。历史事实究竟如何，种种探究充满了神秘的浪漫色彩。对音乐学家和研究者而言，这则是一个让人感到好奇的问题了。

《格列高利圣咏》是单声部音乐（monophony），也就是说，用独唱或者合唱形式表现单一旋律的音乐，前一篇写到的人们从泛音推导出来的音阶，在圣咏中被发展成了教会调式[38]。音阶和教会调式很容易混淆，音阶是以泛音为基础的；而教会调式则有一个中心音，每个音有不同的功能。写着写着又复杂起来了。提到音阶，人们也许首先联想到和声理论确立以后发展起来的大调音阶[39]和小调音阶[40]，实际并不是。当时的音阶包含半音阶和全音阶。想要详细了解的读者可以去网上查一查，或者找一本音乐理论的书自己看一下。不过很可能会越看越糊涂（笑）。

教会调式里包括多利亚调式（Dorian mode）、亚多里亚调式（Hypodorian mode）、弗里几亚调式（Phrygian mode），因为不是在大学里上课，这里就不展开了。

当时，音乐也渗透到了普通人的日常生活中。婚礼和葬礼音乐、戏剧中的音乐及聚会时的舞曲、民谣等，音乐和人们的社会活动紧密地结合在一起。研究认为，当时的音乐主要以单旋律或再加上一些节奏的形式为主。还没有记录音乐的乐谱，音乐主要靠口耳相传，有些歌曲有固定的歌词，但更多的则是即兴的咏唱。人们拿着笛子、鼓聚到一起，奏乐助兴。是的，在那个时代，即兴的音乐是主流。

《格列高利圣咏》有一首圣诞弥撒曲《幼子降生》。人们猜测这可能是历史最久远的圣歌。这首圣歌简单而庄严。当然是单一旋律的主调音乐。弗兰德[41]作曲家皮埃尔·德·拉·吕[42]将这首曲子谱写成了多声部的歌曲，优美而动人，仿佛有净化灵魂的力量。这首多声部《幼子降生》是文艺复兴时期的作品，而古典乐也迈入了复调音乐[43]时代。

38 教会调式：多见于欧洲中世纪、文艺复兴时期的音乐调式。在收集《格列高利圣咏》的过程中形成其体系。

39 大调音阶：第三个音（Mi）与第四个音（Fa）间、第七个音（Si）与第八个音（Do）间是半音的音阶。

40 小调音阶：第二个音（Re）与第三个音（Mib）间、第五个音（Sol）与六个音（Lab）间是半音的音阶。

41 弗兰德：以比利时西部为中心，包括荷兰西南部、法国东北部的地区。

42 皮埃尔·德·拉·吕（Pierre de La Rue）：1452年—1518年，弗兰德乐派作曲家。最初担任锡耶纳大教堂歌手，后与西班牙宫廷内的作曲家交流，逐渐形成自己的风格。

43 复调音乐（polyphony）：多则旋律同时独立运作的音乐。

乐谱的发展——复调音乐的时代

前一篇提到的皮埃尔·德·拉·吕并不是复调音乐的开创者。在他的时代，有成百上千（甚至更多）的作曲家创造了众多作曲方法，最后形成了复调音乐。并且，复调音乐当然不是某一天突然出现的，出现前经历了100多年的酝酿和发展。也就是说，复调音乐和巴洛克时代不过是人为划定的时代区分，任何一个时代都有在方法论上前卫的人，也有像勃拉姆斯一样固执传统的人，因此几乎不存在泾渭分明的时代划分。一般认为，复调音乐大约从中世纪开始兴起，到文艺复兴时期达到全盛。事实上，就算更早以前就有人用这样的作曲方法也丝毫不令人奇怪。不仅如此，公元前的古希腊人已经理解和声，单声部音乐时代是否真的只是单旋律也值得怀疑。

让我们再来看看《格列高利圣咏》吧。这些圣咏并不是单一调式。后来的研究者们分析了很多圣咏的旋律，但仅做了多利亚调式、亚多里亚调式两种分类。有很多圣咏既不是多利亚调式，也不是亚多里亚调式。当时的音乐，既没有明确的声音素材，也没有乐谱流传，都是根据历史资料推定出来的。这里尤其需要注意的是"理论都是后来发展出来的"，请大家千万别忘了这一点。

然而，复调音乐靠即兴演奏是不能成立的。必须以某种意图对若干种音型细加推敲琢磨，最后决定用哪些音——这是真正的作曲。作曲光靠在脑子里设想是无法完成的。作曲家可以在脑子里进行总体构思，但斟酌、推敲光靠想是无法完成的。怎样做才能完成对音的选择和推敲呢？

作曲家需要有完善的乐谱。

单声部音乐的时代只有语言。或者只是在语言上面或者下面加点波浪线，就像写小曲那样。慢慢地，横向出现了一些线条，又出现了像音符那样的黑色符号，像音程那样随着旋律的起伏排列。最后是纽姆谱（Neumatic Notation，《格列高利圣咏》记谱法），这个阶段的乐谱只有四根线，乐谱在这之后继续发展。如此一来，音乐便可视化了，人们终于可以尝试各种组合。也就是说，不同于即兴作曲，真正的作曲家出现了。当然，那时候的作曲家还不是职业作曲家。

事实上，圣诞弥撒曲《幼子降生》的原曲（事实如何尚不清楚）是四线谱，而拉·吕留下的同一首乐曲男高音部分是五线谱，虽然没有小节线，但音程、音长都已经十分清楚。也就是说，经过了四五百年的时间，乐谱得到了很大的发展，音乐的精确度大大提高了。

我个人推测，复调音乐的原点是反复，也就是卡农（轮唱）。有人唱了一句后，其他人随即重复他的乐句。每唱一句新的乐句，总有人紧随其后模仿这一句。这是最简单的复调音乐，也是世界上所有民谣、宗教仪式音乐的原点。这种反复，与当代的简约主义音乐也是一脉相承的——这么说，是不是有点自我吹嘘了，哈哈。

顺便多提一句，除了反复，还有同一个旋律分成若干声部[44]边唱边发生不同的变化，从而形成多声部的音乐。这种形式常见于日本的声明[1]、民族音乐等。这种形式称为支声音乐（Heterophony），有别于复调音乐。

而卡农这一形式，在之后的主调音乐[45]时代，被众多音

———————————

① 声明，日本佛教仪式上的古乐。

乐家采用——莫扎特《交响曲第41号"朱庇特"》第四乐章是众所周知的例子，也同样是韦伯恩后期十二音音乐作品中的重要因素。好吧，让我们回到正题。

一开始，复调音乐只是延迟和反复。渐渐地，由于语言方面的问题音程和节奏发生了微妙的变化。最后，变成了完全独立的声部。而这一过程都被纽姆谱记录下来了。从单一旋律变成复合旋律的过程对我们的音乐思考也有重大意义。

也就是说，当一个事物出现在面前，人们的反应是接受，或者毫不关心。简单地说，就是喜欢、厌恶或者漠视。但是，当两个事物出现在面前，人们就会思考两者的关系和意义，于是，就会产生"因为甲，所以乙"的逻辑。逻辑是在时间经过中产生的，不过为了全面把握这种逻辑，人们需要一个空间视点。不，可能刚好相反。复调音乐这种立体的（空间性的）表现，需要乐谱这样一种以时间轴为标准的书写方式来确认其中的因果关系……啊，写着写着又复杂起来了。还是下次再写吧。

---

44 声部：指复调音乐的各旋律部。另外还指合唱、合奏的各部分。
45 主调音乐（homophony）：由主旋律声部与伴奏和弦形成的多声部音乐形式。

实现和谐的革命性的方法论——平均律

复调音乐是由数个独立声部构成的。在一个旋律线上叠加另一个时，遵循一些规则，这些规则（技法）称作对位法。就像前文写到的那样，理论并不是从一开始就有的，而是实践后总结出来，或者是伴随着实践逐渐确立的。诺埃尔·加仑和马塞尔·毕奇在合著的《对位法》（矢代秋雄译）里写道："对位法，从水平层次考察音乐，是关于旋律线及与旋律线有关的学问。与此相对的，对音乐从垂直层次进行考察的则是和声法……"

这样的说明让人摸不着头脑。不过，专业学术书籍差不多都是这样。我在音乐学院上学的时候自学过这本书，不知为什么记忆中好像没上过相关的课程。究竟有没有这门课呢？上学时的我学习不太认真，也许学校有这门课只是我自己没去上而已。

　　说起来，对位法包括严格对位等各种技法，这里不作展开。在音乐发展中，首先出现了对于单独声部的《格列高利圣咏》增加了平行四度或五度声部的尝试，随后又出现了旋律逆行的声部，节奏也变得更为复杂。这一变化是在9世纪到14世纪发生的。文艺复兴时代，各声部的音乐变得愈加精致准确，独立程度也提高了。文艺复兴后期，不仅有旋律与旋律的组合，对位法中还出现了从一个和声进入到另一个和声的技法，并继续向巴洛克时代发展。

　　在谈论巴洛克时代的音乐之前，有件事必须要提一提。

　　今天我们生活中的音乐，包括流行乐在内，大部分是由大调音阶和小调音阶构成的。一个八度里有12个音，每个音都有大调音阶、小调音阶移调的可能性。也就是说，以任何一个音为起点，都可以得到一个相同的音阶。这样的体系是何时出现的？谁把一个八度分成了12个音？如果不想为这个问题费心，后面这段建议您跳过不读，哈哈。

　　一个说法是，公元前500年古希腊时代毕达哥拉斯确定了音律。据说，他首先确定一个音为Do，以比此高五度的音为Sol。两者之间的整数比为2比3。接着以Sol为Do，再次确定比它高五度的音。这样重复12次，又回到Do。这其中当然有误差。估计是拉了根弦，找到用手指轻按发出悦耳声音的地方（前文写到的泛音），求整数比，反复这个过程，作为一种数学或者自然科学的研究。也有一种说法是，毕达哥拉斯从锻铁匠的铁锤受到了启发。我有些怀疑。金属有很多杂音，共鸣也很复杂，求整数比很困难。据说古代中国也发现了十二音律。我想，这些发现都是人类对泛音构成进行探索的成果。

通过整数比寻求纯音程（just intonation）的结果，得到的音阶是纯律。Do和Sol是2比3，Do和Fa是3比4，Do和Mi是4比5。像这样，通过与基准音的整数比求得音律。古代教堂管风琴都是纯律，所以演奏的音乐听起来特别纯粹。当然，也有问题。某一个调的乐曲听起来很悦耳，其他调因为基准音不同音程听起来就不舒服，这就是俗称的跑调。因此，移调和转调很困难。

今天我们使用的十二平均律解决了这个问题。这部分越写越难了。不过，既然要谈"音乐的进化"，就绕不开十二平均律的问题。这是个必须要过的难关，请大家再坚持一下。

一个八度的整数比是2比1，这在之前几节里写到了。

按照今天的国际标准，La音是440Hz，低一个八度的La音是220Hz，频率正好是2比1。交响音乐会开场前乐队要根据双簧管的音来做第一次校音。这个音实际上会介于441Hz~442Hz之间，这可能是因为音定得高一些，音乐听起来更饱满响亮。

言归正传。La音（440Hz）减去低一个八度的La音（220Hz）是220Hz，也就是说，一个八度的频率差是220Hz。但220Hz无法被12整除。前文提到的正律用整数比找到了相应的音程，在此基础上对12个音都进行了一些微调，得到12个均等的音，这就是十二平均律。有了十二平均律，就可以自由转调和移调，音乐的表现力随之获得了飞跃性的发展。

十二平均律是革命性的方法论，是和声时代的支柱，十二平均律之后出现了全新的音乐。

和声给音乐带来了什么？

克劳迪奥·蒙特威尔第[46]是16—17世纪的意大利作曲家，是历史上一位重要的作曲家，也是一位古大提琴演奏家，其作品在现代也经常被演奏。

古大提琴是16—18世纪的擦弦乐器，音色接近小提琴而略粗一些。古大提琴的音色很有风情，特别适合在欧洲那种铺设着大理石的房间里演奏——这么说，不知您是否能想象。但这种琴的演奏方式和大提琴一样，琴是竖直放置的，所以和小提琴属于不同类型的乐器。以前，我曾经用这种乐器在录音室录过用于一部中国电影的音乐（可能有读者感到奇怪，为什么在中国电影里用欧洲的古大提琴？解释起来太长了，此处且省去）。我记得这个乐器不仅音量小，而且音准不稳定，在校音上花的时间比演奏还多。录完音我想，把这种古大提琴当成近似小提琴的乐器肯定是不妥的。

回到正题上。1607年，蒙特威尔第的歌剧《奥菲欧》[47]首演。《奥菲欧》是关于希腊神话里奥菲欧与尤丽迪茜的故事。这部歌剧直到今天还常常被人们谈论，各位读者有机会一定要看一次。歌剧里有一首咏叹调《天上的玫瑰》，是主人公奥菲欧充满喜悦赞美心爱的妻子尤丽迪茜的。一听便知，这首咏叹调有着清晰的旋律和竖琴伴奏形成的和声。也就是说，不同于几组旋律横向组合在一起的复调音乐，这里是用对一个旋律衬托和声的方式伴奏。这在当时是全新的音乐形式。当然，这并非蒙特威尔第的发明。毋庸赘言，同时代的很多作曲家都采用了同样的方法。

这标志着主调音乐时代的到来。结构至为简单，清晰的旋律加上易懂的歌词，用乐器伴奏（也称单声部歌曲，monody），对听众而言是容易理解的音乐形式。我用DVD看了《奥菲欧》，音乐辉煌流畅，那一定是一个发自内心对音乐的可能性充满信心的时代。

DVD当然是近几年拍摄制作的，乐池里的演奏者们都穿着作品创作时代的服饰，营造出一种华美的氛围。将来有机会，我也想演奏这个曲目。《奥菲欧》对各声部的乐器都有严格的规定（在那之前是临时召集乐队的即兴演奏）。从这个角度而言，这部歌剧可能是最早的交响作品。

主调音乐的出现意味着在音乐构成中起主导作用的是和声进行，而不是平行发展的不同声部之间的关系，其原理是16世纪确立的功能和声[48]。Do和Sol，Do和下一个八度的Fa都是纯五度，前文提到过这两组和声很重要，而这三个通过泛音推算出来的音在功能和声里也同样重要。作曲家以这三个音为基音构成的三和音（根音上三度和五度）的和声进行来构成音乐。

比如类型①Ⅰ–Ⅴ–Ⅰ（Do–Sol–Do）。在学校等场所进行晨会时常用的和声进行，表示：起—敬—坐。不知道现在还有没有这样做的学校。没关系，看下一个吧。类型②Ⅰ–Ⅳ–Ⅰ（Do–Fa–Do）。这是在教堂做礼拜的最后一句"阿门"的和声进行，所以也称"阿门终止"。类型③Ⅰ–Ⅳ–Ⅴ–Ⅰ（Do–Fa–Sol–Do）。毫不夸张地说，这一和声进行占到了调性音乐的大部分，包括当代流行乐和爵士乐。此外，还有各种代理和弦，所以实际情况非常复杂，但思路（原理）是相同的。

和声的关键是大调音阶和小调音阶。复调音乐时代的主流旋法主要集中在大小调音阶，由此诞生了功能和声。

仔细看一下会发现大调音阶和小调音阶构成的三和弦Do和Sol是一样的，不同的是中间三度的Mi。用Mi还是Mib（降），会使和弦色彩迥然相异。这两种和弦分别称作大三和弦和小三和弦，希望读者用身边的乐器实际感受一下。Do-Mi-Sol是明亮愉快的，而Do-Mib-Sol是黯淡忧伤的。对此有不同感受的人……那我得说，他相当有个性！（笑）

在这里十分重要的是，音乐从此被赋予了情感。在音乐发展的过程中，明亮愉快的和弦、黯淡忧伤的和弦，或表现喜悦，或表现悲伤。古典乐经历巴洛克、古典主义、浪漫主义、后期浪漫主义等时代，每一次发展都在情感上变得更丰富，功能和声自身的功能逐渐弱化。关于这个话题，此处暂不展开了。

最后，再介绍一些具体的数字。Mi的频率是329Hz，Mib是311Hz，两者仅有18Hz之差！而这微弱的差异，却大大地改变了音乐。

46 克劳迪奥·蒙特威尔第（Claudio Monteverdi）：1567年—1643年，意大利作曲家。活跃于文艺复兴时期与巴洛克时期的过渡期间，巴洛克音乐的先驱人物。

47 歌剧《奥菲欧》：2002年在里西奥大剧院演出歌剧《奥菲欧》的DVD光盘。（DENON COBO–6250）。

48 功能和声：在调性音乐中，试图用和弦功能解释音阶的各音的理论。

最简单的音乐形式是什么？

　　最近在举行巡演音乐会，一直没写稿子，这会儿不知该写些什么好。毕竟不是专业作家，而且脑袋里装满音符时好像就干不了别的，又或者仅仅是遇到了低谷期？就怕是低谷期曲子也写不出，那就糟糕了。说起来，巡演音乐会的这段时间作曲的确举步维艰。现在连载稿子也写不出来……

　　上次音乐会之后有两个半月的时间，每天过着家和工作室两点一线的简单生活，没有什么兴奋点。其间也有什么也写不出来，挣扎在泥沼中的日子，不过回头看去，曲子已经实实在在地写出来了。每天兢兢业业地做着同样的事，不断循环往复。演奏、作曲、写作，最好的办法就是坚持！这就是我的极简生活。好吧，为了快些开始作曲，先把这篇稿子写出来吧。

上一节，我们谈了主调音乐时代。由于功能和声方法的确立，音乐获得了表现情感的可能性。今天大多数人聆听的古典乐就是从这个时代的作品开始的。

主调音乐结构简单，主要由旋律线与和弦支撑构成，与童谣的形式相近。8小节（7小节或者10小节也一样）构成一个乐句。如果有人质疑：像勋伯格的《升华之夜》那样加入复杂的对旋律[49]和节奏的作品哪里简单了！这的确让人无从反驳。但事实上，作品的基本结构是一样的。回想一下维瓦尔第或早期的海顿[50]就容易明白。当然，8小节20秒就结束了，所以作品是由很多个乐句连续构成的。

在这里，形式至关重要。如果仅仅是旋律的连续，听众很难感知作曲家想要表达的内容，音乐结构也会很松散。音乐需要一个基于某种原理的容器来承载，这就是形式。

逻辑性对于音乐十分重要。单独一个Do没有意义，一定要音的连续才能构成音乐。这样的连续性是以时间为前提的，音乐因为时间的经过获得了逻辑性。一组连续的音构成（前文所说的）8小节的旋律或动机，还需要一些规则才能把这些素材在时间轴上组合起来。

最简单的形式是三部式。这样写读者会感到在上课，所以我换个说法。

如果遇到外星人，你会怎么做？什么？对于这个问题，记得作曲家武满彻[51]的回答（大意）是"重复对方说的话"——很久以前我在哪里读到过。要是遇到外星人，我肯定和武满彻先生差不多。其理由是：如果没弄明白，就重复一次。

而这恰恰就是三部曲式的大前提。乐曲从某一旋律开始，一段时间后，这一旋律再次出现。这么一来，很多人会注意到，前后两者之间有联系，或者发现这是一个完整的段落。也就是说，经过一次重复，乐曲会呈现a-b-a的结构。古今中外的音乐，可以说都是这个形态。再次演奏，或者再次聆听，都是符合人类自然心理的。那么，外星人是否会这样做呢？——这种多余的问题就请不要问了。我们讨论的是人类自然心理的问题。现在已经进入总结阶段，拜托不要再回到刚开始的问题了，好吗？（笑）。

8小节的旋律，用a-b-a就是24小节左右。大部分时候（与速度有关）只有40~50秒左右。于是，作曲家会利用a-a'-b-a'啊，a-b-a'-c-b-a-b-a'的变化，慢慢扩大乐曲建筑的规模。这种建筑的极致就是交响曲。特别是第一乐章可以长至10~15分钟，马勒甚至写到30分钟。他是怎么做到的？

这种形式就是奏鸣曲式，是扩大版的a-b-a三部曲式。具体而言，首先是主题呈示部（a），然后以各种形式变奏这一主题，称作展开部（b），最后再一次回到主题，称作再现部（a）。显而易见，这就是一个a-b-a的三部曲式。当然，实际情况要比这复杂，比如展开部有第一主题和第二主题，分别有具体的作曲原则，这放到以后的章节再写。

重要的是，主调音乐结构简单，情绪渲染力强；而作曲家们可以根据各种规则将音乐建筑扩大。然而，后来，这种形式的发展却遇到了局限。

---

49 对旋律：与主旋律相对，独立而出的旋律。

50 海顿（Haydn）：1732年—1809年，奥地利作曲家。长年担任埃斯特哈齐（Esterházy）家族乐长，为交响曲、弦乐四重奏曲的发展做出巨大贡献。

51 武满彻：1930年—1996年，日本作曲家。自学作曲，在与诗人、画家等人的交流中逐渐形成自己作品的风格。代表作有《十一月的脚步》（*November Steps*）。

奏鸣曲式中的第一主题和第二主题

构成主调音乐的两大要素是功能和声与奏鸣曲式，这在上一篇写过了。我们以贝多芬的《第五交响曲"命运"》为例来看一看。

《第五交响曲》由四乐章构成，全长35分钟。开头部分4个音符构成的那个"咚咚咚、咚——"，贝多芬本人对弟子说"是命运在敲门"，《第五交响曲》因此得名"命运"。事实究竟怎样并不清楚。顺便一提，在国外，这部交响曲就称作贝多芬"第五"，并非"命运"。

"命运"的第一乐章、第四乐章都是奏鸣曲式。我们来看一下第一乐章。第一乐章曲子并不算长，卡洛斯·克莱伯的版本是7分22秒，西蒙·拉特[52]的版本是7分29秒，卡拉扬、哈农库特[53]的版本是7分24秒。值得注意的是，不同指挥的版本时间有所差异（有时达到1~2分钟），而《第五交响曲》的第一乐章，不同指挥的版本几乎没有差异，足见乐曲结构多么缜密。但是，托斯卡尼尼[54]的版本只有6分15秒！这是怎么回事？疾风怒涛般地行进吗？然而，事实并非如此，托斯卡尼尼版演奏速度并不快，时间这么短是因为主题呈示部没有反复。呈示部的反复问题留到以后再谈。

关于奏鸣曲式，让我们来梳理一遍。奏鸣曲是由呈示部、展开部和再现部构成的。呈示部有第一主题和第二主题，两者之间的关系是主调和属调，或者关系大小调。啊，内容开始有点麻烦起来了。这部分内容很重要，我尽量说得好懂一些。"命运"的正式名称是"c小调第五交响曲"，c小调是基调（主调），属调是上行五度的g小调。主调是小调时，第二主题是主调的关系大小调。关系大小调指调号相同（C大调和a小调的关系）的调，就好像大妻的关系，关系好与不好是另一回事（笑）。我这并不是开玩笑，在某些作品里，这两个主题之间的对比或者对立，有时候会成为发展乐曲重要的能量。

"命运"的第二主题是c小调的关系大调降E大调，温柔而抒情；再现部是与主调同主音的C大调。大调的乐曲再现部不是属调，而是用同主调来演奏。仅靠听是否能听出来？尤其东方人的听觉以"支声音乐"为主，"支声音乐"音高转幅极小，在不知不觉中就游离到另一个音符上，制造出"持续音"（drone）。对西方人而言，主调和属调在听觉上的差异很大，但对东方人并不是这样。这与绝对音感也有关，更主要的原因是东方人听交响乐对第一主题和第二主题风格差异造成的戏剧性，而不是调性更敏感。

好比电影里有A、B两个人物，要是个性和思维方式都一样就不会有故事，也拍不成电影了。但是，如果两人个性思维方式不同，就会产生矛盾、对立，故事就来了。他们之间的差异所产生的戏剧性是电影的基础。

我认为奏鸣曲式也是一样，因对立而产生的戏剧性是其基础。"命运"中4个音符"咚咚咚、咚——"——简单到极致。这四个音符作为动机的核心构成激烈的第一主题，而第二主题则温柔、抒情，令人陶醉，两者产生了强烈的戏剧性，使《第五交响曲》成为音乐史上最重要的作品之一。此外，"第五"还有一个重要的特质。那就是从作曲的角度来看，第一乐章删芜就简、毫无冗赘，堪称完美，而且对任何人而言都易于理解。作曲理论不能只停留在书斋里，必须有能打动人心的力量。而造就这种戏剧性的方法是功能和声，奏鸣曲式。说得夸张些，只要把第一主题和第二主题的那几个小节写好，就可以看到通向乐曲完成的道路了。有了第一主题和第二主题的旋律，接着只要按照奏鸣曲式，在展开部对两个主题加以变化，再现部回到一开始的调就基本完成。主要乐章完成后，慢板乐章用回旋曲式，配上谐谑曲，或舞曲，或歌谣式，交响曲就完成了。当然，实际作曲并非这么简单，但正因为有了这个曲式，海顿完成了106首交响曲，莫扎特也写了41首交响曲。贝多芬写了9首，数量上没有前人多，是因为他所生活的时代，表现方法发生了变化，交响曲融入了更多的情感，篇幅也更巨大。这是浪漫派时代的先声。

关于呈示部的反复于后文再写。其实，关于"命运"第一主题和第二主题的关系，我还有一种猜测。这难道不是贝多芬在表现对于理想的夫妇关系的毕生追求（但是没能实现）吗？当然，这是另一个"命运"的故事了。

---

52 西蒙·拉特（Simon Rattle）：1955年—，英国指挥家。2002年就任柏林爱乐乐团首席指挥家兼艺术总监。

53 哈农库特（Harnoncourt）：1929年—2016年，奥地利指挥家。1953年组成仿古乐器交响乐团。以细腻的时代风格复兴巴洛克音乐。

54 托斯卡尼尼（Toscanini）：1867年—1957年，意大利指挥家。曾任米兰斯卡拉歌剧院音乐总监，后活跃于美国。

浪漫派音乐和文学的关系

让我们再一次回到贝多芬的交响曲"命运"。开头的"咚咚咚、咚——"（Sol Sol Sol、Mi——）是Ⅰ和声，第二个"咚咚咚、咚——"（Fa Fa Fa、Re——）是Ⅴ和声，接着是Ⅰ和Ⅳ、Ⅴ为主的和声进行。前文提到，功能和声的基本形态是Ⅰ–Ⅴ–Ⅰ、Ⅰ–Ⅳ–Ⅰ、Ⅰ–Ⅳ–Ⅴ–Ⅰ。古典乐基本是由功能和声和奏鸣曲式构成的，作曲家们却不愿墨守成规，他们总在思考和探索新的和声进行和奏鸣曲式以外的结构。

这再自然不过了。创作者不愿重复自己，时时刻刻都在重重迷雾中苦苦追寻那一线光明。在采掘殆尽的煤矿（或者油田）中继续挖掘，比在别处开掘新矿更为艰难。换句话说，与其在一个杂草丛生、几近荒芜的地方反复寻找，不如去一个全新的地方开采。

这就是浪漫派作曲家的想法吧。奏鸣曲式的可能性被老一代作曲家采掘殆尽了，后来的人再努力也无法超越他们的成就。在前一篇我写了，奏鸣曲式只要把第一主题和第二主题定好，大方向就基本确定了。因此，其实很多作曲家走的是同一条新路。一开始只有孤独的探路者，走的人多了，渐渐地便踏出一条新路来。再后来终于变成一条宽阔的通途。然而，那条路上就再无个性（个性当然也有种种问题）。

新道路，是文学。音乐家们试图摆脱奏鸣曲式，从诗和小说中的故事（戏剧性）出发构筑音乐。

例如，俄国作曲家鲍罗丁[55]的《在中亚细亚草原上》描写在高加索旅行的俄国人与东方人的相遇；而理查德·施特劳斯的《阿尔卑斯交响曲》则描写了阿尔卑斯的一天；勋伯格的《升华之夜》则是根据德默尔的抒情诗所作。这个时代的很多管弦乐被称作"交响诗"，而这一潮流的引领者正是作曲家弗朗茨·李斯特[56]。

这个阶段，和声进行变得愈发抒情，音乐开始表现微妙的情感波动。也就是说，和声进行更复杂化了。将这种复杂的情感表现发展到极致的是理查德·瓦格纳。他选择的音乐体裁是"乐剧"，戏剧性是理所当然的。那个著名的特里斯坦和弦[57]，和声进行不断转调，直到结束也没有达到完成式，这对用音乐表现不安和绝望做出了很大的贡献。瓦格纳不写交响曲是有象征意义的。

我猜测（并没有依据），当瓦格纳发现了被世人遗忘多时的贝多芬"第九"，并为这部作品的复演而四处奔走时，心里可能怀着这样的念头："交响曲与戏剧性无关，是纯粹的声音构成，比如奏鸣曲式。然而，用奏鸣曲式作曲无法超越贝多芬，所以，我要写乐剧，而不是交响曲。"怀着对乐圣的敬意，摸索属于自己的艰险旅程——这就是苦苦思虑、孜孜以求的艺术家。好吧，这些都是我没有根据的猜测而已。事实上，瓦格纳也不是这种能放到品德教科书里充当楷模的材料。把瓦格纳这样历史上的重要人物称作"材料"，实乃大不敬。不过，瓦格纳的确是一个备受争议的投机家。如果不是这样一个人物，凭一介作曲家之力不可能建造起拜罗伊特节日剧院。瓦格纳始终行走于高迈的理想和现实之间，是个充满魅力的人物。然而，有意思的是，深受他影响的布鲁克纳和马勒都没有写乐剧，而是交响曲。不过马勒在交响曲里引入了人声，和乐剧一样。

这个时代孕育了音乐和文学结合在一起的潮流（多么亲切而有年代感的说法），然而也有作曲家固执于前一个时代的作曲方法，比如约翰内斯·勃拉姆斯（人数众多，不止勃拉姆斯一人）。他固执于纯音乐。所谓纯音乐，是由音乐构成的，或者由音乐的运动性构成的乐曲。用威士忌打比方的话，就是单一威士忌。苏格兰的艾拉岛是连防风林都无法存活的强风地带（树苗一种下去就被强风连根拔起），这座岛上出产的拉弗格（Laphroaig），浸染着浓郁的海潮气息，口感独特而香浓。而混合威士忌，则把香气、色泽、口感优越的品种混合在一起，但不如单一威士忌个性突出。

浪漫派音乐是混合威士忌。这可是我独创的观点！加入了戏剧性这剂猛药，浪漫派音乐显得个性十足。其实就音乐本身的结构而言，浪漫派比巴洛克、古典派等单薄多了。而且，随着调性逐渐丧失，形式上也完全堕入情绪化，这和百无禁忌的当今世界以及当代音乐的情况十分相似。历史是会重复的。担忧这一潮流的勋伯格发表了音乐史上独一无二的作为新秩序的方法论，那就是十二音音乐。

55 鲍罗丁（Borodin）：1883年—1887年，俄国作曲家。在教授医学的同时精研作曲，创作了许多情感丰富的作品。历时18年创作歌剧《伊戈尔王子》，去世时作品未完成。

56 弗朗茨·李斯特（Franz Liszt）：1811年—1886年，出生于匈牙利，活跃在欧洲各地的钢琴家、作曲家。拥有卓越的钢琴技法，在其作品中也有体现。

57 特里斯坦和弦（Tristan Chord）：瓦格纳在歌剧《特里斯坦与伊索尔德》的开头部分运用的特征性的朦胧的和弦。

勋伯格究竟有多天才？他的梦想是什么？

　　阿诺尔德·勋伯格的《升华之夜》是一部长达30分钟的大作，原本是1899年作为弦乐六重奏所作。1917年、1943年两度改写并出版。

　　我将于（2015年）5月5日在新日本爱乐交响乐团的"新·古典入门"系列音乐会上指挥演奏这部作品。另外的曲目还有理查德·瓦格纳的《特里斯坦与伊索尔德》序曲和神圣简约主义的阿沃·帕特（2014年，帕特来日本接受高松宫殿下纪念世界文化奖时曾经见过）的《第三交响曲》。曲目都很难，可以说是当代音乐入门篇。"为什么在儿童节（日本的儿童节是5月5日）选这样高难度的曲子？演奏《我的邻居龙猫》不好吗？"——连我自己都有这样的疑问。站在听众的立场上讲的确如此，不过作曲家总是想演奏自己感兴趣的曲子，没办法。

所以，我现在正在拼命学习准备中。各声部的交织特别复杂，常常盯着总谱看了半天声音都进不到脑子里去。思前想后，决定最开始的彩排采用钢琴连弹的方式，并且重新写一遍谱子。我是作曲家，对我而言，亲手抄一遍谱子是学谱记谱的捷径。这真是地狱一丁目（地狱的入口），开弓就没有回头箭。

《升华之夜》是室内乐，乐谱写得很细致。比如给中提琴写的4/4拍连续六个音符就是$4 \times 6 = 24$，其他声部当然也有旋律变化，所以写一个小节竟然要画上40~50个"小蝌蚪"（当然，并不是整首曲子音符都如此密集）。全曲一共418小节！不仅如此，因为是写给4手连弹的，所以要能让两架钢琴一起弹出来，这样一来仅把原谱上的音抄写一遍是不行的，因为音太多无法弹。到底减掉哪个声部？是否已经到极限了？有的音无法省，所以只能抬高（或者降低）一个八度。反正，非常花时间。实际进行改谱的过程是一边在脑海中发出声音一边进行的，这是最不能偷懒、最费劲，却也是理解乐谱最可靠、最好的方法。

元旦之后，我一直在写电影和CM的曲子。中国台湾音乐会结束后开始做这个工作。白天作曲，晚上回到家就奋战抄谱到第二天凌晨。即便如此，每天也只能向前推进两三页，按照小节数来算就是20~30小节。这就是极限了。每天必须准时把乐谱发给演奏者。其实手上还有很多其他工作没做完。看看，看看！

也许，这就是很多作曲家走过的路。马勒、肖斯塔科维奇的作品中，也有对过去其他作曲家作品的编曲。李斯特把贝多芬所有的交响曲都改编成了钢琴曲（并出版了所有的乐谱）。我们可以猜想这些改编是为在音乐会上演奏而改写的，但恐怕也包含着音乐家本人学习的目的。在莫扎特写给他父亲的信里，我记得好像有这样一段话："大概没有其他像我这样热心地抄写、研究巴赫的人了。"看莫扎特的往返书简，会觉得他真是个与众不同的怪人。那个天真烂漫、长不大的孩子般的莫扎特也许只是电影《莫扎特传》塑造出来的虚像。

想着这些事，抄了又擦、擦了又抄，脑子里突然闪过一个念头："出版一部久石让版的《升华之夜》如何？"当然，必须得到勋伯格协会之类组织的官方认可才行。

做这件事的时候，我再一次认识到勋伯格是多么天才啊。在改写成钢琴谱的过程中，无论在哪个音域都几乎没有重合的音符（当然，有些地方是故意把半音重叠在一起）。贝多芬好像是个心特别大的作曲家。《第五交响曲》第二乐章出现的第二小提琴和中提琴的和声，给第一小提琴毫不介意地在同一音域写了上行旋律。或者说，贝多芬的音乐本身就是如此有力，可以让人不在乎这些细节。从技术上讲，勋伯格可能是音乐史上作曲技术最为卓越的作曲家。而且《升华之夜》是作品第四号，勋伯格年轻时候的作品。如此年轻就掌握了一般人穷其一生也无法掌握的作曲技术，那么成熟期他还能做什么？在瓦格纳的影响下，他设定了新的目标……然而，他最终走向了无调性音乐，开始了十二音音乐。——我深信他的心路是这样的。

什么是十二音音乐？

接下去，我尽量用一种简单易懂的方式来说明一下十二音音乐（技法）是什么。有一点必须事先申明，十二音音乐是我上大学时自学的技法，后来我跟随日本十二音技法大师入野义朗[58]先生上了几次课。那时，我还没有接受简约主义音乐的洗礼。事实上，很多作曲家，如阿沃·帕特、亨里克·格雷茨基，乃至先锋派的约翰·凯奇都学习过十二音技法。对我而言，谈论十二音技法并不是特别的事，不过对于音乐爱好者而言，就算他收藏很多唱片，音乐知识丰富，可以对卡尔·李希特[59]和特雷沃·平诺克[60]演奏巴赫作的《勃兰登堡协奏曲》有何不同（村上春树书里出现的描写）充满激情地侃侃而谈，十二音技法依旧是个令人头痛的麻烦话题。理论和法则的话题永远不招人喜欢。人不喜欢受限制，比如行为受到某种规则约束，或被迫做某些并非心甘情愿做的事。我也不喜欢。那为什么还要谈规则呢？大概是因为我不信任自己的感觉（不，准确地说，是不相信人类的感觉），所以要用理论作为尺度来确认自己并不可靠的感觉。也许，这才是我们和理论、规则打交道时正确的出发点。

所谓十二音音乐（技法）是规定了使用在一个八度里的12个音的音列进行作曲的方法。不能改变音列的顺序，同一个音在一个音列里不能用两次，就算感觉上重复使用这一个音更好也不行。但是可以将其用于这个音列的和声。按照这个规则，可以均衡地使用各个音，使得各个音的比重平均而无偏重。这是为了摆脱调性音乐以主音和属音为主体的运动方式而设计的方法。另外，有从音列最后的音开始到第一个音构成逆行，从第一个音反向进行同样的音程量构成倒影，加上倒影逆行共有4种音列。这么说还是不好懂吧？久石先生，说好的"简单易懂"呢？——我能听见读者的不满。不过请各位再坚持一下。

作曲家永远都在为下一个音如何选择而烦恼。就算是简单的旋律也必须考虑到前后音的关联性而为选Sol还是La纠结不已。当然作曲家可以遵照或者突破（只是作曲家本人这样认为，其实他是受到某种更高意志的指引吧）奏鸣曲式或功能和弦的准则来选择——是的，有规则作曲就容易些了。从这个意义上讲，十二音技法也是帮助作曲家解决难题的技法。十二音技法也可以说是把12个音根据作曲者的感性和理论结合来排列的方法。我们暂且把这个排列称作元音列吧。有了这个音列后，按照刚才写的那样逆行、反行规则，自然就获得了4组12个半音这么多的材料，或者说准备好了这么多的材料。当然，还有更详细的规则。接下来作曲家只要根据这些规则安排好这些音，乐曲基本就写成了。

勋伯格的时代差不多是西红柿熟透，与烂熟仅一步之遥的时代。功能和声用到很多半音阶，很多时候已经听不出调性究竟在哪里。这样的西红柿好吃吗？音乐也是一样。后期浪漫派的音乐很有滋味，十分美妙。顺便一提，我最不喜欢西红柿了！这一点不重要。对于那个时代而言，十二音技法是划时代的。当然，也很容易想象这一技法难以被人们轻易接受。

连创造者勋伯格本人也在十二音技法和调性音乐之间徘徊。时代总是画着悠长的弧线逐步变迁。

我们这一章讨论"音乐的进化"，开头部分引用了安东·韦伯恩的一段话，他是勋伯格的弟子，他给予现代音乐的影响甚至超过他的老师。他在演讲中说，"一切的艺术，当然包括音乐在内，都基于合法性"，接着，他充满激情地宣称十二音音乐是音乐史中必然出现的一页。这多少有些当事者自卖自夸的成分，但当我们思考"音乐的进化"时，这段话依然值得我们认真对待。

也就是说，音乐从单音开始，发展到线性的音乐（复调音乐），再到主调音乐，最后引入音乐之外的元素（叙事性），终于达到了饱和的边缘。于是，又再一次回到复调音乐，这就是十二音音乐。韦伯恩的言外之意大概是，音乐再一次回归到其自身，成为纯音乐。的确，十二音音乐使用音列，因此，比起纵向的结构，横向的运动更为重要。那么，十二音音乐是否真的终结了主调音乐的时代，开启了新的时代呢？最后，让我们来思考包括流行乐在内的20世纪的音乐。

---

58 入野义朗：1921年—1980年，日本作曲家。1951年创作日本第一部十二音技法作品《为七种乐器创作的室内协奏曲》。

59 卡尔·李希特（Karl Richter）：1926年—1981年，德国指挥家、管风琴演奏家、羽管键琴家。凭借戏剧性的表现确立了其对于巴赫作品演绎的时代地位。

60 特雷沃·平诺克（Trevor Pinnock）：1946年— ，英国羽管键琴家、指挥家。1973年联合一群古乐器演奏的年轻乐手组建了英国协奏团。

"商业化量产"音乐的兴起及其未来

特奥多尔·W. 阿多诺[61]在《新音乐的哲学》一书的序文中这样写道："要证明音乐现象本身已被纳入商业化的大量生产中，因此而发生了内在的变化；同时，在标准化的社会中发生的某种人类学的变位又是如何反映在音乐欣赏的结构中的……"我反复读了好多遍都觉得不能理解这段话究竟写了什么，接下去大段大段也都是这样艰涩难解的文字。这本书本身是通过比较勋伯格和斯特拉文斯基（允许我粗线条地概括）论述20世纪的音乐形态。作者是一位犹太人，说理严谨清晰，让人佩服，但是读下去需要相当程度的忍耐。

如他在书中所述，20世纪是"商业化量产"音乐兴起的时代。这一切缘于唱片业的发展。从前人们去音乐厅，花上一些钱，去享受一时一刻（独一无二）的音乐带给他们的快乐。而唱片使人们足不出户就能欣赏音乐，想什么时候听，想听多少遍都可以。音乐装在唱片这个载体中，变成商品，成为流通经济的一部分。于是，流行音乐诞生了。顺便提一下我在维基百科上查到的关于流行音乐的定义——"投大部分人所好的音乐"。哦，原来如此，人们所好？

流行乐的基础是当时被作为奴隶贩卖到美洲的黑人在和白人的互动中产生的迪克西兰爵士乐。迪克西兰爵士乐后来变成了摇滚乐（rock and roll），再变成rock，最后变成了今天的通俗音乐（entertainment）。这些音乐的逻辑结构非常简单。前几篇介绍过，旋律和伴奏的和声是功能和声的主体。小学教科书上写音乐的三要素是旋律、和声、节奏，流行音乐之所以能席卷全世界，主要依靠节奏的力量。来自非洲的黑人音乐带来了他们的节奏，大大改变了欧洲音乐以功能和声为核心的歌曲（包括一部分民谣在内的歌谣形式）的面貌。有一种乐队编制叫作四大件，包括鼓、贝斯、吉他和钢琴（键盘），这不就是音乐的三要素吗？以此为背景，加入象征旋律的人声，形式于是完美。装满整个巨蛋体育场的演唱会也好，在小厅里举办的演唱会也好，基本编制都是一样（当然可以加弦乐、管乐、合唱等）。简约就是最佳。然而，然而！在令人瞠目的商业主义的洪流中，音乐真的比过去更丰富了吗？如今没有什么专业、业余之分，只要受欢迎就来唱一曲助兴，这样的音乐（当然并不都是这样，也有真正的歌手），这种投人所好的流行乐，真的能令人发自内心地感到快乐吗？能给予人们真正的感动吗？竟然还有在电脑上把音乐变成数据，定额收费后无限量畅听这种离谱的事。这不是践踏音乐尊严的行为吗？如果"商业化量产"的尽头就是这样的局面，那么世界上将不会再有真正的作曲家（作曲难以为生啊）。我们可能已经没有未来。

回到正题上吧。唱片业的发达也影响了古典乐。比如奏鸣曲式呈示部的反复（答应各位读者要再作说明的），常常在录制唱片时被删掉了。唱片一面15~20分钟，正反两面刚好能录一首交响曲，时间限制很大。当然，限制不仅这些。这个时代，人们追求紧凑快捷而不是漫长，同时人们还追求大型化，追求更为庞大的交响乐队编制。其代表是卡拉扬和柏林爱乐乐团。而其他交响乐团便也纷纷效仿，走同样的发展道路。

仔细思索奏鸣曲式反复的原因我们可以明白，对奏鸣曲式尤为重要的是第一主题和第二主题。它们分别出现在呈示部，然后展开，又以某种形式被再现。为了让人们听清楚，需要加强第一主题和第二主题的印象，因此需要反复。当时的人们只能在音乐厅欣赏音乐（在家听不到），所以反复是必需的。我认为，这就是在呈示部出现反复记号的原因。在当今时代，这依然是有效的。所以当我指挥时，我依然在呈示部反复。

"商业化量产"的包装，先是包装唱片后变成CD，如今的主流则是数据下载。方便、省事就是好事吗？

人的生活不会因为物质或信息充斥而变得富足。我们难道不该重新找回那些重要却被我们忽略已久的东西吗？

---

61 特奥多尔·W. 阿多诺（Theodor Wiesengrund Adorno）：1903年—1969年，德国哲学家、社会学家，同时也是一名音乐评论家。法兰克福学派的代表思想家。

音乐向何处去？世界向何处去？

　　旋律、和声加上来自非洲音乐的节奏，流行音乐席卷了整个20世纪。

　　与此同时，古典乐领域很多作曲家认为有调性的旋律已被穷尽（旋律难以超越过去的作品也是事实），因而不再写简单易懂的旋律了。这可能是和声越来越复杂的一个原因，他们抛弃了和声（调性）和十二音音乐。20世纪音乐的开篇之作斯特拉文斯基的《春之祭》和原始主义的节奏，也因为直白好懂而被抛弃。

　　也就是说，勋伯格一派开创的十二音音乐之后的音乐，被其弟子韦伯恩发展为点描主义（音乐只是断断续续响而没有旋律），皮埃尔·布列兹和斯托克豪森等受其影响进一步将之发展为现代音乐。其中大部分没有旋律，也没有和声（只有不协和音程的和声，所以可以理解为以特殊演奏方式发出的声响），节拍构造（4/4拍等）也不再具备原来的意义，节奏也消失了。

流行音乐通过旋律和节奏获得了大量听众；而现代音乐则完全否定了音乐的三要素，结果一目了然。听众抛弃了沉浸在自己观念化世界（自我满足）的现代音乐。这时代还不算最糟糕。

20世纪50年代以后，特别是70年代到80年代，是以打破既有观念来表现"共同幻想"的时代。时代的主题是"否定"。否定一切巨大权力和在其基础上成立的事物。"扔掉书本，走上街头""告诉我存在并且疯狂的出路吧"——这样的现象同时发生在文学、绘画、音乐、电影等领域。我也是被这一浪潮冲击和感化的一代。回想起来，那时的我们想法真是太天真太乐观了。司马辽太郎的《坂上之云》里登场的维新时代的人相信，只要好好学习就能出人头地。我们当时也单纯地相信，否定过去就是一种表达，就是自我表现。站在21世纪的今天回过头去看，才知道当时我们的想法多么幼稚。

在流行音乐领域，rock and roll变成rock，"性手枪"乐队[62]、娄·里德[63]等打破既有观念的音乐（歌词）改变了年轻人的人生观，而鲍勃·迪伦[64]通过《答案在风中飘扬》叩问个体在社会中面临的种种矛盾。很多人在这些音乐里感到了共鸣。当时的音乐还是充满力量的。那会儿，我把大学里的功课扔在一边，在新宿的爵士咖啡厅听自由爵士乐，看有点难懂的帕索里尼的电影，用约翰·凯奇、路易吉·诺诺[65]的音乐佐酒发表各种议论。《贻误青春》《逍遥骑士》《五支歌》等电影，简直就是我自己的青春。好像一开始就预设好了，要过那个时代标准的青春生活。

就在那时候，美国出现了简约主义音乐。前文多次提到，这里不详写了。简约主义音乐里有片段化的旋律，有和声和节奏。但是日本的音乐界长期以来一直追随欧洲，支持利盖蒂[66]（我也很喜欢）、泽纳基斯[67]的音乐——这一态度至今没有改变。十二音序列的作曲法以及现代音乐语法在音乐大学的课堂和作曲比赛中畅行尤阻。因为音乐学院的教授和比赛评委自己也写这样的音乐，自然对这样的音乐投以青睐。这种类型的音乐多一些当然也很好。我想问的是，21世纪的音乐，这样就可以了吗？

飞机撞向世界贸易中心大楼的"9·11"事件以来，世界变了。不，那只是一起象征性事件。人类从"否定"走向了"差异"。捷克斯洛伐克变成了捷克和斯洛伐克两个国家，中东本来勉强保持着民族国家形态，后来因强调民族、宗教的"差异"而变得四分五裂，经历了残酷的杀戮之后，众多难民涌入欧洲。

而日本，在这样的大环境下，没有修改和平宪法就先立法通过准许集体自卫权的行使。然而，内阁不问国民的态度就擅自做出这样的决定，只能说这种行为是为所欲为。这个国家的年轻人，被"教育减负"宠溺，说什么不要做"第一"只求当"唯一"，过着令人难以置信的、没有追求没有目标的生活（好像有这么一首歌，但我说的不是这首歌，而是这种生活态度）。我并不是让大家都去追求第一，而是不能接受什么"我是唯一，这样就好"的思维和态度。人类还不成熟。所以要努力完善自己，哪怕只能向前迈进一小步。有时候，多了解一件事，就会看到一个完全不同的世界。培养出"我是唯一，这样就好"的一代，完全是父母的过错。只关心自己的享乐，只关心孩子的成绩和升学，还认为这就是教育——每每看到这样的父母，我就忍不住忧虑，这个国家究竟要向何处去！核电事故也是这样。这个国家地震频发，福岛事故让人仍旧心有余悸，却竟再次启动了核电设施。日本明明经历过广岛和长崎两次核武器毁灭性打击后的人间地狱，为什么不吸取教训，不懂得畏惧？一切经济活动都优先满足大企业的利益，对人一定会犯错这个前提却视而不见。生活在这样一个国度，我们能得到幸福吗？

回到正题上吧。音乐也正处在迷茫中。任何一个时代，都有这个时代的说法。巴洛克、古典派、浪漫派、十二音音乐、序列音乐、音簇、简约主义音乐等，都是特定时代作曲家们使用的音乐语言。当然，任何一个时代都有无视和否定时代语言的人。但至少，每个时代都有过引领时代的语言。然而，21世纪却没有。很多作曲家把自己包在壳里，执着于自己的风格，认为那是自己的个性。这也是一种"唯一"吧？在没有听众的地方（好像也有一群喜欢这种音乐的固定群体）一本正经地创作、演奏没有听众的音乐（或者说根本不考虑听众）。但是，我很希望大家能回想一下：无论是莫扎特还是贝多芬，作曲都是贴近日常的行为。他们创作音乐，滋养人们的生活。这是把音乐和社会联系在一起的唯一途径。这也是为什么莫扎特可以把双簧管协奏曲马上改编成给别的乐器的协奏曲。当然，你可以说"时代不一样"，可我们不该忘记——只把音乐写出来没有意义，有人演奏、有人欣赏，音乐才有意义。哪怕听众只有一个、两个也没关系，关键是作曲家要让听众听到自己的音乐。作曲这件事作曲家一个人完成不了——这是每个作曲家都该铭记在心的。

我是作曲家。虽然，我远远没有成熟，作品也没达到令自己满意的水平，但我每天都在努力向更高的山峰攀登。我愿把过去一切的经验融入作品里，把当代的音乐（不是现代音乐）介绍给听众，把崭新的音乐体验奉献给听众，和听众分享音乐的过去、现在，并共同创造未来。

---

62 "性手枪"乐队（Sex Pistols）：英国摇滚乐队。20世纪70年代后期伦敦代表性乐队，作品尖锐地讽刺社会。

63 娄·里德（Lou Reed）：1942年—2013年，美国摇滚歌手。他创作的歌词极具挑衅意味而又富有理智，具有深远影响。

64 鲍勃·迪伦（Bob Dylan）：1941年—　，美国音乐家。1963年发表作品《答案在风中飘扬》。民谣界英雄般的存在。

65 路易吉·诺诺（Luigi Nono）：1924年—1990年，意大利作曲家。电子音乐的主导者之一，运用序列技法确立了序列音乐的地位。

66 利盖蒂（Ligeti）：1923年—2006年，出生于匈牙利，奥地利作曲家。作品特征是高密度集中的音簇。

67 泽纳基斯（Yannis Xenakis）：1922年—2001年，生于罗马尼亚，法国作曲家，同时也是一名建筑家。致力于磁带音乐（tape music）、电子音乐的探索。

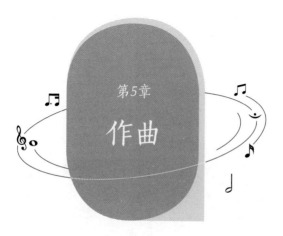

第5章

作曲

作曲何时能大功告成？

这些日子我在改写宫崎骏导演的电影《起风了》的音乐。5月初，我将与长荣交响乐团和维也纳国立歌剧院合唱团合作，在中国台湾举办两场贝多芬第九交响曲音乐会，这两场音乐会将同时演奏交响乐版的《起风了》。

其实，去年底在东京、大阪两地举办的贝多芬第九交响曲音乐会上演奏过交响乐版《起风了》。为什么再次重写？——因为还不满意啊。有些部分听起来不舒服，有些处理不能说服自己。并不是演奏的问题（乐手们都很出色），说到底还是作品结构，或者说是交响曲改编方法的问题。

去年，我根据电影剧情尽可能按原谱改写了一部16分钟的组曲。但电影音乐毕竟要考虑与台词和效果音的协调，所以那一版从音乐角度讲比较单薄。要说曲风清新也行，但格局的确不大。这次既然有机会在中国台湾的音乐会上演奏，可专注乐曲结构而不顾虑情节，使我决心把该有的音都加进去。全面改写后，这一版变成了23分钟的乐曲。为避免日后与第一版混淆，题目定为第二组曲。

作曲，永远难以真正完成啊！无论是为电影写，还是为音乐会写。作曲家何时能停笔，确信自己已将一部乐曲完成？又是以什么为标准来衡量和判断乐曲的完成？

我倒有一个明确的标准，那就是"截稿日期"。以录音，或音乐会的时间为限，必须在截稿日期前完成。哪怕写得不满意，也要在约定的时间之前赶出来。作品不合心意，就等下次（另一个截稿日期）再改。不过这也意味着，没有"截稿日期"我就永远完成不了任何一部乐曲。

那些名留青史的大作曲家又是怎么做的？据说舒伯特和普朗克[1]无所谓"截稿日期"（在他们的时代，作曲"截稿"以召开音乐会或乐谱出版的时间为限）。也就是说，哪怕无人约稿，他们也照写不误；但更多作曲家赶在"截稿日期"前完成，之后继续执着修改，死而后已。

马勒写完《第五交响曲》后，学生布鲁诺·瓦尔特[2]（准确地说，瓦尔特是受到马勒赏识并举荐到维也纳宫廷歌剧院工作的）和妻子阿尔玛批评说：作品内声部（inner parts）不清晰。这使马勒十分沮丧，但马勒还是接受了他们的批评，边排练边修改。

顺便一提。瓦尔特给老板马勒提意见这种情形，断不会在日本发生。日本人的风格是——无论老板说什么都默默执行。其他国家并不如此。一个人如果不发表自己的意见，周围人就会怀疑此人的存在价值，所以他们有意见往往直言不讳。而马勒的夫人阿尔玛本身就是一位音乐禀赋和修养极高的女性。她曾立志成为一名作曲家，是在马勒的要求下放弃了自己的梦想（不知是否因为这个缘故，阿尔玛后来与一位年轻建筑师坠入爱河）。阿尔玛在彩排前就能熟记乐谱，对内声部处理、结束部分的合唱、打击乐器的使用等也反复提出了切中要害的批评。娶了这样的太太真够呛——不知马勒怎么想，但他确实二话不说着手修改了。

前段时间指挥马勒《第五交响曲》，颇有感触。马勒的总谱，音符之外的说明真多！表情记号、文字指示，详尽而具体。例如，几乎所有声部都是ff，唯独一个声部是p；反过来，所有声部都是p，唯独巴松管是f。总之，非常复杂！别忘了，马勒是作曲家，也是指挥家。我猜测，这些记号可能是他边排练边记录下来的要点，而这些笔记最后也作为乐谱的一部分公开出版了。也就是说，马勒的乐谱既是他作为作曲家写的总谱，也是他作为指挥家记下的演奏要领。很多当代指挥家十分爱惜总谱，总谱上笔迹很少，谱面很干净；唯独马勒的总谱用不同颜色的铅笔做着记号，不然无法把详细复杂的要求标清楚。

但马勒晚年所作的《第九交响曲》第四乐章总谱上的要求明显减少了。我想这是因为"第九"在马勒生前没有实际演奏过的缘故。如果演奏过，乐谱一定不是这样的。然而实际上，没有马勒密密麻麻的记号，乐队的演奏照样很出色。马勒把乐谱写得像笔记本一样密密麻麻，真是必要的吗？

不止马勒，到晚年仍对昔日作品改写不辍的作曲家不胜枚举，门德尔松、普契尼[3]都是这样。

可以说，对作曲家而言，作品永远都是未完成的。大部分作曲家，只要有下一次演出机会，只要在那之前还有时间，都会继续修改自己的乐谱吧。真拿他们没办法！

作曲，没有完成式。只要有机会，作曲家就会继续修改。——各位读者知道了吧。问题是，作曲家不停修改总谱或乐谱就是作曲吗？

毫无疑问，对于作曲，构思音乐才是一切的开始。无论何种类型、何种体裁，作曲家必须抱定"无论如何都要把脑海中的乐思变成作品"的决心和意志才能完成创作。不错，作曲家也许偶尔能得到灵感眷顾，完成一部幸运的佳作，让人怀疑有神明相助。然而，这样的幸运何其少！一年一次，甚至几年一次就不错了。人生大部分时间都充满懊悔和挫折——至少，我是这样。

作曲并不是从一个完整的图景开始的。大部分时候，作曲家像一个既没有地图也没有计划的跋涉者，怀着无限的不安开始一段旅程。之后，须以无比的耐心，等待直觉抓住乐曲核心的那一刻。

用语言描述音乐是困难的。用语言描述作曲，更是像要打开潘多拉的盒子。将一切公之于众，不会让魔法失灵吗？所以，平时我总是避免谈论作曲。可这次，我却决定要和早稻田大学的小沼纯一先生来聊聊这个平时我不敢碰的话题。

---

1 普朗克（Poulenc）：1899年—1963年，法国作曲家。生于巴黎一个富裕的家庭。"六人团"成员之一。代表作有歌剧《加尔

默罗会修女的对话》。

2 布鲁诺·瓦尔特（Bruno Walter）：1876年—1962年，指挥家，出生于德国。师从马勒，指挥《大地之歌》等的首演。后遭纳粹党迫害，前往美国。

3 普契尼（Puccini）：1858年—1924年，意大利歌剧作曲家。代表作有《波希米亚人》《托斯卡》《蝴蝶夫人》《杜兰朵公主》。

"在这个时代，作曲意味着什么？"

特别对谈

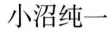

小沼纯一 久石让
早稻田大学教授 作曲家

小沼纯一（KONUMA Junichi）：1959年生于日本东京。音乐、文艺评论家，早稻田大学教授。对音乐及文学、绘画领域中的音乐现象，以及音乐与文学、美术的关系多有评论。著有《武满彻音乐·语言·意象》《巴卡拉克、莱格朗、裴宾——值得珍爱的音乐家和他们奉献的礼物》《被魅惑的身体旅行的音乐家科林·麦克菲》《用耳朵感受电影》《交响乐再入门》《在音乐里聆听自然》等。出版诗集《幸福》《西贡的赛德·查里斯》等。编著有《武满彻散文选》《高桥悠治对谈选》《约翰·凯奇著作选》《柴田南雄著作集》等。NHK ETV《schola坂本龙一音乐的学校》特邀讲师。

作曲是如何开始的？

小沼：今天想请久石先生聊一聊作曲对您而言意味着什么。开始一次创作，具体是怎样的情形？

久石：动笔着手写一首乐曲时其实什么也没有。一般是接到委托，要我写一首交响曲，或者要我为某场音乐会写一首曲子。于是，我动笔创作。

作曲家一般会有一些自己计划要写的作品。比如写几部交响曲、小提琴协奏曲啊，也想写大提琴协奏曲、室内乐、钢琴曲等。但我本人并没有什么具体的计划。

去年我接到一个委托，问我是否有兴趣写一首低音提琴协奏曲。

什么？低音提琴协奏曲？你确定吗？——的确，为低音提琴写的作品不多。为什么呢？因为肯定很难写嘛！那我有能力接受这个挑战吗？我考虑了一下，隐约感觉自己能行，就接受了委托。这样，自然就有一个"截稿日期"摆在面前。我首先从"截稿日期"倒推出一个工作时间表，接着找资料、着手作曲。

从动笔那一刻起，我始终要面对一个问题——这首作品，我究竟该为低音提琴而写，还是用低音提琴写（内容为先）？从这个角度来说，作曲过程与其说是在考虑如何写低音提琴协奏曲，不如说是在思索：低音提琴和交响乐队协奏能构建出怎样的音乐景象。在处理这个根本性问题的同时，还要考虑具体用什么样的音乐语言去表现。用不协和音程？用简约主义？——用简约主义方法给独奏乐器写比较难，所以这次就不用简约主义？——所以你看，作曲其实是一个理性的、偏重逻辑的过程。经过这样一段时间的摸索之后，就会有一些规律性的东西逐渐显现出来。

小沼：有的作曲家一开始就以"系统化"的方法作曲。久石先生不是吧？您首先找到一个核，然后在这个核上逐步增加内容使音乐形象丰满起来，最后完成乐曲。是这样吗？

久石：是的。不过，在这个阶段会设法把乐曲系统化。

小沼：是在乐曲完成的过程中系统化吗？

久石：我感觉还是构成核心的作曲理念最重要。写低音提琴协奏曲的时候，我决定以四度音程为基础。低音提琴是四度定弦，从高到低是Sol，Re，La，Mi。有些意见认为在低音提琴的同一根弦上拉奏四度音程很难，但在相邻的两根弦上同时拉奏，就会很容易。我以四度音程为基本理念写过不少曲子，所以就决定用四度音程。而协奏曲多以三乐章构成，所以下一个需要考虑的问题是：写三个乐章，还是写单乐章？然后还有各乐章大致如何安排等问题。与此同时，我也考虑一些具体细节。

音乐是在时间经过中写成的

小沼：可能不少古典乐迷认为作曲主要靠灵感。比如浪漫派作曲家舒伯特，吃饭时突然有灵感闪过，于是他抓住灵感写成乐曲。久石先生对灵感怎么看呢？

久石：我手上总是同时有很多工作，所以不能等灵感眷顾，必须绞尽脑汁把曲子写出来（笑）。不过，也看写什么音乐了。广告和电影音乐，比起灵感，长度更重要。是30分钟长的曲子，还是电视广告上那种要在15秒里决出胜负的音乐。比如，一部电影大约长2小时，音乐长度大约40分钟，加上没有音乐的空白时间，整部电影的音乐也是2小时。音乐是在时间经过之中形成的，所以，作曲需对时间异常敏感。

小沼：那是不是可以说：在时间经过中，一段空白后出现的音乐主题具有特别重要的意义？如果是这样，主题怎样写、如何展开也同样十分重要吧？旋律吸引人，但是难以展开；或者容易展开，但不够吸引人——您会在意这些问题吗？

久石：非常在意。音乐是需要建构和发展的。脑海里闪现的内容，必须要不断向前发展，否则只是音符的罗列而已。要用一个线索把所有内容统一起来。这时，可以用音型、动机等明快而古典的方法。也有作曲家用十二音技法、音列等。方法多种多样，关键要看是否能将音乐灵感有机统一起来，是否能打动听众。究竟是用动机、用和弦、用节奏，还是用音色？方法因人而异，目的都是统一音乐素材，避免支离破碎。简单地说，作曲这个行为，自始至终都在解决这个结构问题。

通俗音乐重在旋律

小沼：广告音乐、电影音乐都很优美动听，而且吸引人；古典乐却未必。不同类型的音乐欣赏方式和留给人们的印象都不同吧。

久石：通俗音乐的根本是娱乐。而在音乐会演奏上的音乐——我称之为"作品"，和以提供娱乐为目的的音乐不同，是用来表现作曲家对世界的理解和思考的。音乐三要素——旋律、节奏、和声，通俗音乐突出的是旋律。节奏是时间轴，和声是空间，而旋律则类似于某种记忆路径——因为旋律容易记忆。过去在日本音乐著作权协会（JASRAC）申请乐曲著作权时，要写明开头四个小节的旋律。这里包含一个逻辑——节奏、和声都没有著作权。通俗音乐的重点是旋律，所以才会有"编曲"这个概念。比如改变节奏，把和弦改编成爵士风等。而古典乐，作曲时采用了管弦乐形式，以古典乐为对象进行"编曲"（arrangement），主要是把大编制改成室内乐，或者把钢琴曲改成交响曲等。在古典乐改编中，几乎不可能彻底改变原有和弦。所以，古典乐世界不存在"编曲"，而流行乐世界，核心就是"编曲"。这是两者的重要差异。说得更绝对一些，通俗音乐只要有旋律就可以了。

接受电影音乐作曲委托时，约稿方常常会提出这样的要求："请写那种令人潸然泪下的旋律。""要那种滋润心田的音乐。"从来没人提出要一个"像贝多芬'第九'那样雄浑壮阔的音乐"（笑）。说到底，追求的还是旋律。15秒的电视广告，作曲委托也提同样的要求。我只好和委托方说，15秒做不到你的要求。电视广告的音乐必须考虑如何引起观众的注意，让他抬头看这个广告。所以，开头7秒钟胜负就定了。7秒过后商品LOGO就出来了，因此，广告必须在前7秒让埋头做家务的主妇抬起头来。可见作曲方法和音乐的用途也密切相关。

简单明了、注重旋律的通俗音乐，与通过声音表现作曲家精神世界的音乐作品当然不同。但我希望自己写这两种不同的音乐时有一致的方法和理念。美国作曲家菲利普·格拉斯做到了。他写电影音乐《时时刻刻》的方法论跟他写钢琴练习曲的方法论完全一致。这是我的理想，可做起来不容易。

作品是有血有肉的生命

小沼：相对于通俗音乐，久石先生所说的"音乐作品"，是否可以理解为是有开始和结束，带有某种结构属性的乐曲？

久石：是的。音乐是在时间轴上构筑起来的建造物，是拥有全新生命的存在。当音符有机结合在一起，乐曲就会拥有其自身的意志。作品写到某个程度，会脱离作曲家的意志按照乐曲本身的意志发展。作品最初是在作曲家的控制之下的，一旦乐曲开始以其自身意志发展，就脱离了作曲家之手，变得不可控了。

小沼：作品自己会指出方向，告诉你"是这里"吗？

久石：是的，不错。到了这个程度，作品就有了自己的生命，展现出自己的全貌。读侯世达⁴的《哥德尔埃舍尔巴赫》①一书，我感到作者是在探讨"生命的根源是什么"这个问题。就像生命从无生命物质中诞生一样，作曲将本来没有联系的音符连缀起来，最后从那里诞生出强大的生命。具有顽强生命力的音乐，很难相信完全是由作曲家的意志独自完成的。但是达不到生命诞生的那个点，就无法迎接一部作品的到来。

小沼："创造"这个词最早用来描述上帝创造世界，后来转用于艺术家创作作品。两者之间存在某种相通的东西。但是最近，好像到处都在用"creator"这个词。我其实不太希望这个词被滥用（笑）。作曲家把一首乐曲称作"作品"的时候，是包含着"创造"这层意味的，意义重大。"创造"还有另外一层意思，就是作品本身是有生命的，而且每一次演奏，都再次被赋予生命。

久石：音乐精巧而美妙。以某种顺序排列音符谁都会。可是，加上节奏、和声，就是一个3次元的世界，其中蕴含的可能性远远超过3次方，无法计算。

———————————

① 中文通行本译名为《哥德尔、艾舍尔、巴赫：集异璧之大成》。

音乐景象

小沼： 作品的整体性逐渐显露最后呈现出某种景象，这在听觉上是怎样的感觉？我们谈景象，一般都指视觉体验。我想，很多人是把音乐景象当作视觉对象去把握的。

久石： 我找不到合适的表达，也许可以描述成"心象风景"吧。每个曲子都不一样。比如，我有一个用六弦电子小提琴演奏的作品《室内交响曲》。怎么说呢？那个音乐作品的确让人仿佛置身于纽约最危险的街区，有种坠入黑色深渊的感觉。

小沼： 这么说来，音乐呈现的是一个画面或者一个镜头。那是有空间和时间感，有身体感受的吧？

久石： 是的。比如为长野市艺术馆开幕而写的*TRI-AD*，基调就是典礼序曲，所以作曲时打算要写一个鼓号齐鸣（fanfare）、欢快跃动的曲子。但用语言表达具体感觉太难了。

小沼： 做流行音乐的人描述音乐时常说：这首曲子表现这样一个场景，一种感觉。短小的乐曲相对而言更容易用语言描述吗？

久石： 流行音乐，说得绝对一些，都是情歌——爱情、亲情、友情等。题材和语汇是有限的。换言之，很少，很局限。四五张专辑之后，就不容易再写出新意来吧。要拓展更为广阔的世界，得超出流行乐这个范畴。

小沼：听您这么说，我再次意识到与您音乐会作品的不同。

久石：写通俗音乐最主要的不同在于，受委托作曲不能只按照自己的标准写。作曲委托背后有广告公司、电影公司、导演，作曲家未必能主导作曲过程。这工作很不好干。自己觉得好，和委托方觉得好是两码事，约稿作品要设法让两者都满意。以旋律为主、结构比较简单的音乐达到这样的要求不容易，而且不允许失败。连着失败两次，以后就没有人来约稿了。这是十分严苛的工作。不过，一想到乐曲写出来会有很多人听见，就又热血沸腾了。

怎么会开始作曲的？

小沼：对了，久石先生什么时候开始有了作曲的想法？

久石：初中的时候。

小沼：有什么特别的原因或者契机吗？

久石： 当时我在铜管乐队吹小号和萨克斯，无论什么乐器都演奏得不错（笑），还指挥。每天一回家就忙着把自己知道的那些曲子写成给不同乐器的分谱，第二天交给大家演奏，经常弄到深更半夜。做这些事情的时候我非常开心，而且我发现作曲比演奏让我更快乐，所以初中时代我就决定以后要成为作曲家。

小沼： 当时主要编写了哪些曲子？

久石： *Washington Square*（《华盛顿广场》）之类，流行音乐和披头士什么的。

小沼： 有没有特别喜欢的古典乐作曲家或作品？

久石： 上初中时无论什么音乐都喜欢，一天到晚都在摆弄乐器，还学过小提琴，脑子里除了音乐还是音乐。初中毕业后，第一次听到了不协和音程的音乐，大受震动。之后开始听黛敏郎[5]、三善晃[6]、斯托克豪森的作品。高中时代着迷于这一类音乐，立志成为现代音乐作曲家。那时候对爵士乐也很有共鸣，所以也听迈尔斯·戴维斯[7]和约翰·克特兰[8]的作品。当时的时代氛围，爵士乐有种先锋前卫的感觉。

小沼： 那时已经开始写曲子了吗？

久石： 写了，但都是些不像样的东西（笑）。一个音符一个音符地凑，有调性的音乐也用很多不协和音程，没写几个小节就写不下去了——反反复复这么折腾。

小沼：上了音大，听说您也不怎么去学校（笑）。是课程内容偏学术，不合兴趣吗？

久石：完全不合，不合到令人吃惊的程度。回想起来，大学里我成天逃学，真是个坏学生。当时，满脑子都是约翰·凯奇、伊阿尼斯·泽纳基斯，那些以古典乐为主的课对我而言太无聊了。我自己折腾了很多事，创作歌剧，改编、演奏韦伯恩和贝尔格[9]的作品，和其他作曲家一起发表作品什么的。大学三年级的时候，听到了简约主义音乐家特里·赖利的 *A Rainbow in Curved Air*（《曲线天空中的彩虹》），当时受到的震撼至今还清楚记得。

简约主义音乐对你的影响是什么？

小沼：现在您是怎么看简约主义音乐的？

久石：简约主义音乐为我们留下的财富，是作曲方法——反复。现在很多人说简约主义过时了，可是请看看尼可·穆利那些三十来岁风华正茂的年轻作曲家吧，简约主义在他们那里得到了延续，他们吸收的正是"反复"这一方法。另一成果是对音乐结构的变革。简约主义音乐的结构有点像金太郎糖[①]，和京都祇园祭的传统音乐、非洲民族音乐、巴厘岛的甘美兰音乐一样。古典乐的结构是有开始有结束，而简约主义则是每个章节有些差异，最后回到原点，有无尽延续的可能。人从出生到走向生命终点，有始有终。在音乐领域，古典乐如此，泽纳基斯那样的前卫音乐也如此，两者在结构上并没有特别大的差异。这种结构依靠内在力（dynamism）动态推动乐曲发展。日本现代音乐也是如此。但简约主义音乐可以改变这种结构。简约主义音乐在这两方面给我们留下了非常宝贵的财富。

　　小沼：简约主义音乐拓宽了与其他领域音乐融合的可能性，比如舞蹈、电影。久石先生写的好几部电影音乐，比如宫崎动画的音乐、北野武的《坏孩子的天空》里都用了反复的技巧，也可见简约主义的风格。是这样吧？

　　久石：简约主义的反复，作为作曲方法原理很简单，在通俗音乐里我尽可能地使用。此外，我也非常重视旋律。20世纪以来的现代音乐认为摆脱旋律是音乐今后的发展之道。但现在我一直在思考是否能走一条把旋律和简约

[①] 金太郎糖，日本传统手工糖，长条形，无论从哪里切开，横切面都是金太郎的脸。

主义融合在一起的道路。旋律自有其内在的力量——那些有调性的、优美的旋律早就证明了这一点。把这种力量和简约主义的节奏与和声融合在一起，我觉得可以走出一条新的道路。

音乐与语言的关系

小沼：您如何看待音乐和语言的关系？

久石：我们是人，当然首先用语言来思考。但试图用语言来说明音乐时，声音本身难以用语言描述的特性就构成一种很大的限制。比如，我要写一个描述东京的、黑色幽默的乐曲。东京就像加拉帕戈斯群岛[①]，日本人在东京这个封闭环境中过着自得其乐的生活，对外部世界的变化漠不关心。他们只关心自己的家人、朋友，尽可能不与"其他人"产生瓜葛。比如说我要写这样一个谐谑的曲子，用语言描述一番后会感觉已有一个大致的画面。然而，要把这个画面直接转化为音乐几乎不可能。脑海里并不会出现具体的声音。作曲的时候，一开始可以用语言思考，照自己的想法定一个主题，如大地震、祈祷、安魂等。在以逻

---

① 加拉帕戈斯群岛上的生物在与外界隔绝的环境中进化，其进化只反映当时、当地的条件，自成体系，不适应外界。

辑化的方式作曲时，其过程也是用语言来不断深入的。但是，那个过程并不能与实际的声音整合在一起。逻辑化的构思必须在某个时间点转化为真实的声音，这是最花时间的部分。

小沼：一些乐评家会从总谱出发写出一个故事来。这样的说明对读者而言比较容易理解，读后会让人有种听懂了音乐的感觉。也有当代作曲家为自己作品写详尽而复杂的曲目解说，所用的语言和表述真是艰涩！看这样的曲目解说，我想说，还不如看总谱直接呢。对于听众而言，这样的解说可能让他们坠入更深的不解之中。

久石：作曲家关于音乐所写的文字，也许是他本想通过音乐表现，却没能表现出来的部分。作曲家关于自己的音乐所写的文字和他的音乐之间是有距离的。这距离如果是技术问题还好办，如果是哲学性的问题，或者关乎他在社会、历史中所处立场，以及这些因素与其音乐的整合性，恐怕矛盾重重。

小沼：一定也有作曲家创作意图与作品之间距离甚微，或明白其中差距实难避免，因此不写曲目解说的吧。

久石：长达40分钟的大作品，如果毫无准备地听，的确会听不太明白。为了解决这样的问题，避免过于固定音乐画面，简明的介绍是有效的。现在很多说明都过于详细了。

"截稿日期"的神奇力量

久石：作家是不是都有这样的特点，就算作品写好了，心里总想着可以改得更好些，所以持续修改以求更完善的形态？大部分人不到"截稿日期"是不会放弃的。我总在想，世上大概不存在对自己作品态度洒脱的作家吧？

小沼：我也是不过"截稿日期"就不能真正发愤的那一类。我把这个称作"截稿日期的力量"（笑）。

久石：是的，要过了"截稿日期"才能进入发愤模式。

小沼：在这之前并不是不做，而是做不出来。但一到"截稿日期"的大限，紧张感和专注度就不一样了。

久石：是！

小沼：以前我曾问过一个比较熟的编辑，新人奖"截稿日期"过后送来的稿子收不收？那位编辑告诉我：收。"截稿日期"过后才送来的稿子通常是一遍遍修改到最后一刻才完成的，其中不乏动人的佳作。

久石：不过说心里话，我是希望按期交稿的（笑）。

真不能理解舒伯特、普朗克，他们没有"截稿日期"也能写！他们在灵感造访时写。莫扎特最后三部交响曲，既没有首演日程，也没有出版计划，但很快就写出来了，因为他当时计划要去伦敦。写东西肯定是有目的的嘛。普朗克就不一样了，他一般是星期日心情不错，曲子就写好了（笑）。那种无忧无虑啊，真是太厉害了。没有出版计划也能写，肯定是乐思如涌吧。羡慕啊！

把通俗音乐改编成交响乐版

小沼：您是从什么时候开始为动画电影作曲的？

久石：《风之谷》的首映是1984年，作曲好像是从1983年就开始了。

小沼：《风之谷》是怎么找到您的呢？

久石：十分偶然。我录单曲的唱片公司问我有没有兴趣做印象集（Image Album），接着安排我和宫崎骏先生见面了。

小沼：《风之谷》音乐的创作具体是怎样进行的？

久石：我记得一开始宫崎先生给了我几个关键词，"腐海"啊什么的。然后我就在对电影内容几乎一无所知的情况下每天在工作室埋头作曲，大约工作了1个月时间。

小沼：那时动画电影的地位和今天很不同吧。当时也有各种动画电影，比如机器人的故事。但生态题材、社会题材的作品比较少。宫崎骏先生的动画电影是从《风之谷》开始进入大众视野的，而背景正是久石先生的音乐。对此，您本人是否意识到？

久石：没有吧。和宫崎先生之间的故事，真要谈起来可以出一本书（笑）——毕竟我们合作了30年。这30年，我的作曲方法也发生了变化。一部部地回顾这些作品，也可以发现我是何时开始关注交响乐这一形式的。

小沼：是从《哈尔的移动城堡》吗？

久石：是从《幽灵公主》开始的。

小沼：另一方面，2015年出版的交响诗《娜乌西卡》那张CD里，您把宫崎动画里的乐曲都改编成了交响乐版。关于把电影插曲的通俗音乐改写成交响音乐会版本的工作，您能具体介绍一下吗？

久石：作曲家有时候会写一些组曲，例如柴可夫斯基的芭蕾音乐《胡桃夹子》。《胡桃夹子》一开始是在表演芭蕾舞剧时演奏的，经过改编，成为具有独立欣赏价值的音乐作品。电影音乐，经改编也可以成为具有独立欣赏性的音乐作品。基于这样的理由我做了改编这些乐曲的工作。要是让我完全重写恐怕我也做不到。很多作品是彼时彼刻的自己所写，很难再次写出同样的东西来。做这个工作的另外一个目的，是希望年轻人以此为契机亲近交响乐。

身处今天这个时代

小沼：这次您为《古典乐殿堂》的古典乐专栏撰写连载，提到了不少历史上著名的作曲家。您是否认为自己和这些作曲家一样，也是漫长音乐历史长河中属于自身时代的一名作曲家？

久石：是的。我在音乐大学学习时曾否定过古典乐的价值，整天埋头研究先锋音乐。——当时就是那样一个时代。推翻一切固有观念，否定权威，而古典乐恰好是其中一部分。后来，我开始指挥古典乐作品，写交响乐，感受到自己与古典乐之间强烈的联系。我们身处古典乐历史的延长线上。我以这样的自觉创作音乐作品。作曲家仅凭一己之力什么也做不了。对作曲而言，时代的潮流和氛围，时代的音乐说法缺一不可。我们生活在一个充满混沌的时代。21世纪究竟是怎样一个时代？——问题的答案我们应该去历史中寻求。所以，写这些文章时，我希望自己不仅回顾历史，更要反观当下。我愿自己是音乐历史长河中的一名作曲家，我希望在这个位置上写出应该由我来完成的作品。

4　侯世达（Hofstadter）：1945年—　，美国认知科学家。1979年出版《哥德尔埃舍尔巴赫》，跨数学、音乐、美术等多领域探讨人工智能问题，引起巨大反响。

5　黛敏郎：1929年—1997年，日本作曲家。最早吸收欧洲前卫音乐元素的日本作曲家之一。作品《涅槃交响曲》，用交响乐与男声合唱的方式表现梵钟与诵经的声音。

6　三善晃：1933年—2013年，日本作曲家。在法国学院派风格的基础上，发表了许多风格自由的交响乐与鲜活的声乐作品。代表作有《安魂曲》《诗篇》《响纹》等。

7　迈尔斯·戴维斯（Miles Davis）：1926年—1991年，美国爵士小号演奏家。在日本被称为"现代爵士之王"。

8　约翰·克特兰（John Coltrane）：1926年—1967年，美国爵士萨克斯演奏家。对多种音乐风格都显示出浓厚的兴趣，对爵士乐革新起到重要作用。

9　贝尔格（Berg）：1885年—1935年，奥地利作曲家。师从勋伯格。无调性歌剧《沃采克》的首演即取得巨大成功。

结　语

我是作曲家。

在前言里，我这么写。我还写道，"作曲是我的天
职"。看了这样的文字，读者一定觉得我过着阳光洒满花
田般积极向上的生活。可实际上，我的话只说了一半，
事情并不那么单纯。我的作曲家生活，除了沐浴阳光的一
面，还有笼罩阴云的一面。

作曲，的确是我最大的快乐，但同时也是我最大的
苦恼。什么都写不出来时的那种痛苦，真是锥心。日复
一日，脑海里一个音符都冒不出来（准确地说，冒是冒
的，可感觉不对，都不是我要的。我这并不是在自比贝
多芬写"第九"第四乐章的开头，但感觉是一样的。不
知道自己要什么，但很清楚绝对不要什么）。这时，会

有一种绝望感向我袭来，仿佛世界末日就在眼前。想要诅咒全世界，开车去工作室也飞一样的，整个人处在危险状态。

最痛苦的莫过于强烈的无价值感。好像自己的存在完全没有意义。

可只要一丝灵光闪现，或者看到一点儿前进的方向，世界于我就完全不同了。

我会牢牢盯住那个音穷追不舍，像猎犬追逐自己的猎物。奋战数个彻夜，当乐曲终于成形，那种铺天盖地的喜悦，就像买的彩票悉数中奖！（其实一次也没买过）那种喜悦让我明白，什么是彻心彻肺的感动！我甚至想：原来我活着，就是为了这一刻！

这，就是我的作曲生活。在这样的作曲生活里，我不间断地为《古典乐殿堂》杂志的专栏写了两年隔周连载。本书就是由两年专栏连载的稿件修订而成的。

无论我的作曲工作进展如何，每两周就要面对一次"截稿日期"。毫无疑问，这会使我音乐方面的工作受到影响。多少次，连载的稿子都是在几个彻夜工作之后的凌晨赶出来的。不过总算一次不落地按时交稿了——如果我没记错的话。

诚实地告诉读者，连载最开始的部分，以及中间写指挥的部分，是编辑根据采访记录整理而成的。

最初计划整本书都这么写，但我觉得如果要整理自己的思考，仅靠口述是不行的。所以除了上述部分，其余都是我一字一句写出来的。准确地说，是在电脑上一字一句打出来的。据说如今大部分非虚构题材的书籍都以采访加整理的方式成稿。从这个角度讲，不论文章好坏，亲自写稿的过程还是有其价值的。

人是用语言思考的动物。即使是作曲，整体构思大部分也要借助语言来完成。语言化的过程，可以厘清很多模糊的思考。

从这个意义上讲，当我决定再一次认真面对古典乐的时候，写这个连载几乎就成为必然要做的事了。

请允许我再一次感谢小学馆的河内真人先生，感谢无比耐心地校对稿件的日本艺术中心的松村哲男先生以及其他各位朋友，他们反复推敲书稿，进一步扩充内容，让这样一本单行本问世。而能有机会与精通简约主义音乐和电影的早稻田大学小沼纯一教授进行对谈，并把对谈记录收入书中，更是让我喜出望外！

最后，我要感谢阅读此书的读者朋友，谢谢你们！

我听说有人只读"前言"和"后记"，这些读者我就不感谢了吧（笑）。

　　那么，下次，让我们在音乐会上见！

　　再见！

附录　久石让主要作品（1981—2016）

※按照作品的发表年份排列。有些作品并未收录在本表中。有些专辑已是孤品。

个人专辑/SOLO ALBUM

1981年　MKWAJU

1981.06.25　黑胶※绝版/1981.08.21　CD　日本哥伦比亚株式会社

MKWAJU组曲 ①Mkwaju ②Shak Shak ③Lemore ④Tira-Rin ⑤PULSE IN MY MIND ⑥Flash-Back

1982年　INFORMATION

1982.10.25　黑胶※绝版/1992.08.25　CD　德间日本通讯

①INFORMATION ②WONDER CITY ③POP UP SHAPE UP ④CHANGING ⑤AFRICAN MARKET ⑥HIGHWAY CRACKER ⑦INFORMATION ⑧ISLANDER

1985年　α-BET-CITY/阿尔法贝塔城

1985.06.25　德间日本通讯

①SYNTAX ERROR ②α · BET · CITY ③SMILE OF ESCHER ④ROAD RUNNER ⑤VENUS & AFRICAN ⑥DA · MA · SHI · 绘 ⑦CLUB DANCE ⑧LEMORE ⑨M · BIUS LOVE ⑩DA · MA · SHI · 绘

1986年 CURVED MUSIC

1986.09.25 POLYDOR

①A RING OF THE AIR ②THE WINTER REQUIEM ③WHITE SILENCE ④OUT OF TOWN ⑤A VIRGIN & THE PIPE–CUT MAN ⑥794BDH ⑦ZTD ⑧PÚFF ÁDDER ⑨A RAINBOW IN CURVED MUSIC ⑩SYNTAX ERROR Ⅱ ⑪ "CLASSIC" ⑫FLOWER MOMENT ⑬月之沙漠少女（出自歌剧《采珍珠者》）

1988年 Piano Stories

1988.07.21 NEC Avenue

1992.11.21 复刻盘 NEC Avenue/2000.12.06 Wonderland Records

①A Summer's Day ②Resphoina ③W Nocturne ④Lady of Spring ⑤The Wind Forest ⑥Dreamy Child ⑦Green Requiem ⑧The Twilight Shore ⑨Innocent ⑩Fantasia（for Nausicaä）⑪A Summer's Day

illusion

1988.12.21 NEC Avenue/1992.11.21 复刻盘 NEC Avenue

①Zin–Zin ②Night City ③8½的风景画 ④风之公路 ⑤冬之旅人 ⑥向东曳航 ⑦刀锋战士的彷徨 ⑧ L'etranger ⑨少年之日的黄昏 ⑩illusion

1989年 PRETENDER

1989.09.21 NEC Avenue/1992.12.21 复刻盘 NEC Avenue

①MEET ME TONIGHT ②TRUE SOMEBODY ③WONDER CITY ④HOLLY'S ISLAND ⑤MARIA ⑥MIDNIGHT CRUISING ⑦ALL DAY

PRETENDER ⑧MANHATTAN STORY ⑨VIEW OF SILENCE

1991年　I am

1991.02.22　东芝EMI/2003.07.30　复刻盘　东芝EMI

①Deer's Wind（From Main Theme of "Kojika Story"）②On the Sunny Shore ③Venus ④Dream ⑤Modern Strings ⑥Tasmania Story ⑦传话 ~ Passing the Words ⑧Echoes ⑨Silencio de Parc Güell ⑩White Island

1992年　My Lost City　HOMMAGE A Mr. SCOTT FITZGERALD

1992.02.12　东芝EMI/2003.07.30　东芝EMI

①PROLOGUE ②DRIFTING IN THE CITY ③1920~AGE OF ILLUSION ④SOLITUDE~IN HER… ⑤TWO OF US ⑥JEALOUSY ⑦CAPE HOTEL ⑧MADNESS ⑨WINTER DREAMS ⑩TANGO X.T.C ⑪MY LOST CITY

Symphonic Best Selection

1992.09.09　东芝EMI

《娜乌西卡组曲》①风的传说 ②朝向谷里的道路 ③鸟之人（出自 *I am*）④DREAM（出自 *MY LOST CITY*）⑤PROLOGUE~DRIFTING IN THE CITY ⑥1920~AGE OF ILLUSION ⑦SOLITUDE~IN HER… ⑧CAPE HOTEL~MADNESS ⑨冬日之梦 ⑩TANGO X.T.C.（出自 *MELODY FAIR*）⑪魔女宅急便 ⑫丽丝菲纳 ⑬天空之城 ⑭塔斯马尼亚物语

1994年　地上的乐园

1994.07.27　PIONEER LDC

①The Dawn ②She's Dead ③樱花开了 ④HOPE ⑤MIRAGE ⑥季节风（Mistral）⑦GRANADA ⑧THE WALTZ（For

World's End） ⑨Lost Paradise ⑩Labyrinth of Eden ⑪钢琴
（English Version）

1995年 MELODY Blvd.

1995.01.25　PIONEER LDC

①I Believe In You ②Hush ③Lonely Dreamer ④Two of Us ⑤I Stand
Alone ⑥Girl ⑦Rosso Adriatico ⑧Piano（Re-Mix） ⑨Here We Are

1996年 PIANO STORIES Ⅱ~The Wind of Life

1996.10.25　POLYDOR

①Friends ②Sunday ③Asian Dream Song ④Angel Springs ⑤Kids Return
⑥Rain Garden ⑦Highlander ⑧White Night ⑨Les Aventuriers ⑩The
Wind of Life

1997年 WORKS Ⅰ

1997.10.15　POLYDOR

①Symphonic Poem "NAUSICAÄ" 1.Part-Ⅰ 2.Part-Ⅱ 3.Part-Ⅲ（出
自电影《风之谷》） ②FOR YOU（出自电影《水之旅人~侍Kids》）
③SONATINE（出自电影Sonatine）④TANGO X.T.C.（出自电影《远
远乡愁》） ⑤Two of Us（出自电影《两个人》） ⑥ MADNESS（出
自电影《红猪》）⑦SILENT LOVE（出自电影《那年夏天，宁静
的海》）

1998年 NOSTALGIA-PIANO STORIES Ⅲ~

1998.10.14　POLYDOR

①Nostalgia ②旅情 ③Cinema Nostalgia ④il porco rosso ⑤Casanova
⑥太阳满满 ⑦HANA-BI ⑧Nocturne ⑨巴比伦之丘 ⑩la pioggia

1999年 **WORKS Ⅱ Orchestra Nights**

1999.09.22 POLYDOR

出自《幽灵公主（交响组曲）》①阿席达卡战记 ②幽灵公主 ③ TA·TA·RI·GAMI ④阿席达卡与小珊 ⑤Nostalgia ⑥Cinema Nostalgia ⑦la pioggia ⑧HANA-BI ⑨Sonatine ⑩Tango X.T.C ⑪Madness ⑫Friends ⑬Asian Dream Song

2000年 **Shoot the Violist**

2000.05.17 POLYDOR

①794 BDH ②KIDS RETURN ③DA·MA·SHI·绘 ④DEAD Suite（d.e.a.d.）⑤DEAD Suite（爱之歌）⑥Two of Us ⑦MKWAJU ⑧LEMORE ⑨TIRA-RIN ⑩Summer

2002年 **ENCORE**

2002.03.06 POLYDOR

①Summer（出自电影《菊次郎的夏天》）②Hatsukoi（出自电影《初恋》）③One Summer's Day（出自电影《千与千寻》）④The Sixth Station（出自电影《千与千寻》）⑤Labyrinth of Eden（出自专辑《地上的乐园》）⑥Ballade（出自电影*BROTHER*）⑦Silencio de Parc Güell（出自专辑*I am*）⑧HANA-BI（出自电影*HANA-BI*）⑨Ashitaka and San（出自电影《幽灵公主》）⑩la pioggia（出自电影《时雨之记》）⑪Friends（出自专辑*Piano Stories*Ⅱ）

SUPER ORCHESTRA NIGHT 2001

2002.07.26 Wonderland Records

《千与千寻》组曲 ①那个夏天 ②白龙少年~无底洞 ③六号车站 ④再度（出自*Quartet*）⑤Black Wall ⑥Student Quartet ⑦Quartet Main Theme（出自*BROTHER*）⑧Drifter… in LAX ⑨Wipe Out ⑩Raging Men

⑪Ballade（出自 *Le Petit Poucet*） ⑫Le Petit Poucet Main Theme（出自 *Kids Return*） ⑬Kids Return 2001

2003年　CURVED MUSIC II　CM Tracks of JOE HISAISHI

2003.01.29　UNIVERSAL

①Asian Dream Song – 丰田卡罗拉 ②Happin'Hoppin' – 麒麟啤酒精酿（温泉蛋烟熏蛋篇） ③Happin'Hoppin' – 麒麟啤酒精酿（章鱼烧篇）④Happin'Hoppin' – 麒麟啤酒精酿（樽生篇） ⑤Happin'Hoppin' – 麒麟啤酒精酿（苦瓜篇） ⑥Happin'Hoppin' – 麒麟啤酒精酿（毬花篇）⑦Ballet au lait – 全国牛奶普及协会 ⑧Summer（guitar version） – 丰田卡罗拉 ⑨Summer（出自电影《菊次郎的夏天》） – 丰田卡罗拉⑩Silence（short version） – DUNLOP VEURO

2003年　ETUDE~a Wish to the Moon~

2003.03.12　UNIVERSAL

①Silence ②Bolero ③Choral ④Moonlight ⑤MONOCHROMATIC ⑥对月亮着迷的男人 ⑦Impossible Dream ⑧梦的星空 ⑨Dawn Flight ⑩A Wish to the Moon

空想美术馆~2003 LIVE BEST~

2003.10.22　UNIVERSAL

①Musée Imaginaire（Orchestra Ver.） ②Summer ③MIBU ④Moonlight Serenade ⑤Silence ⑥对月亮着迷的男人 ⑦梦的星空 ⑧Bolero ⑨A Wish to the Moon ⑩KIKI ⑪朝向谷里的道路 ⑫Musée Imaginaire（9 Cellos Ver.）

2004年　PRIVATE

2004.01.21　Wonderland Records

①Nightmoves ②MEET ME TONIGHT ③Brain & Mind ④风的公路

⑤Night City ⑥冬之旅人 ⑦MARIA ⑧WONDER CITY ⑨刀锋战士的彷徨 ⑩少年之日的黄昏 ⑪草的思念 ⑫小照片

WORLD DREAMS/久石让&新日本爱乐世界梦幻交响乐团

2004.06.2 UNIVERSAL SIGMA

①World Dreams ②天空之城 ③007 Rhapsody ④The Pink Panther ⑤风的细语 ⑥Ironside ⑦China Town ⑧Raging Men ⑨HANA-BI ⑩Mission Impossible ⑪Cave of Mind

2005年 FREEDOM PIANO STORIES 4

2005.01.26 UNIVERSAL SIGMA

①人生的旋转木马（电影《哈尔的移动城堡》主题曲） ②Ikaros（东鸠《焦糖爆米花》广告歌曲） ③Spring（Benesse《进研研讨班》广告歌曲） ④Fragile Dream ⑤Oriental Wind（三得利绿茶《伊右卫门》广告歌曲） ⑥Legend（MBS《美丽的京都遗产》主题曲） ⑦Lost Sheep On the Bed ⑧Constriction ⑨Birthday

WORKS Ⅲ

2005.07.27 UNIVERSAL SIGMA

①Oriental Wind~for Orchestra~ ②Symphonic Variation "Merry-go-round" DEAD for Strings, Perc., Harpe and Piano ③01.D.e.a.d ④02.The Abyss~降临深渊之人…~ ⑤03.死的巡礼 ⑥04.复活～爱之歌～ Keaton's *THE GENERAL* ⑦01.Movement 1 ⑧02.Movement 2 ⑨03.Movement 3 ⑩04.Movement 4 ⑪05.Movement 5

巴黎的美国人/久石让&新日本爱乐世界梦幻交响乐团

2005.11.30 UNIVERSAL SIGMA

①巴黎的美国人 ②男欢女爱 ③You'd Be So Nice to Come Home to

④罗什福尔的恋人们 ⑤Le Petit Poucet ⑥不分昼夜 ⑦爱的开始（Begin the Beguine）⑧巴黎的最后一支探戈（Last Tango in Paris）⑨那么爱（So in Love）⑩太阳满满 ⑪秋水伊人 ⑫白色恋人们

2006年　RAKUEN/MALDIVES

2006.04.26　Wonderland Records

①RAKUEN ②MALÉ ATOLL ③TROPICAL WIND –a palm– ④SILENT FISH ⑤WALKIN' TO THE MALDIVES ⑥MIRACE ⑦TROPICAL WIND ⑧EVENING SERENADE ⑨RAKUEN SUNSET

THE BEST COLLECTION presented by Wonderland Records

2006.06.07　UNIVERSAL SIGMA

①A Summer's Day ②Resphoina ③Silent Love ④Clifside Waltz ⑤风的时间 ⑥还是少女的模样 ⑦邂逅～追忆 X.T.C.~ ⑧VIEW OF SILENCE ⑨那个夏天 ⑩六号车站 ⑪风的传说 选自《风之谷》组曲（修订版）⑫For You ⑬Fragile Dream ⑭樱花开了 ⑮彷徨 ⑯风之盆

2006年　Asian X. T. C.

2006.10.04　UNIVERSAL SIGMA

阳面 ①Asian X.T.C. ②Welcome to Donmakgol（电影《欢迎来到东莫村》）③Venuses（佳丽宝《一发》广告歌曲）④The Post Modern Life（电影《姨妈的后现代生活》主题曲）⑤A Chinese Tall Story（电影《情癫大圣》主题曲）⑥Zai–Jian

阴面 ⑦Asian Crisis（NHK《名曲之旅·世界遗产音乐会》新曲）⑧Hurly–Burly ⑨Monkey Forest ⑩Dawn of Asia

附录 ⑪Woman ~Next Stage~（蕾俪昂广告歌曲）

仲夏夜的噩梦/久石让&新日本爱乐世界梦幻交响乐团

2006.12.20 UNIVERSAL SIGMA

①布兰诗歌（CarminaBurana）《哦，命运女神》/卡尔·奥尔夫（Carl Orff）②前奏曲（出自电影《惊魂记》）/伯纳德·荷曼（Bernard Herrmann）③交响乐版 管钟（Tubular Bells）第一部分出自电影《驱魔人》（*The Exorcist*）/麦克·欧菲尔德（Mike Oldfield）④电影《剃刀边缘》（*Dressed to Kill*）主题曲/皮诺·多纳吉欧（Pino Donaggio）⑤安魂曲《愤怒的日子》/朱塞佩·威尔第（Giuseppe Verdi）⑥木偶葬礼进行曲/查理·弗朗索瓦·古诺（Charles Francois Gounod）⑦《幽灵公主》组曲/久石让 ⑧布兰诗歌《赞美这绝代美人》~《哦，命运女神》/卡尔·奥尔夫 ⑨圣母颂（Ave Maria）/朱利奥·卡契尼（Giulio Caccini）⑩ YAMATO组曲第一乐章/久石让 ⑪YAMATO组曲第二乐章、第三乐章/久石让 ⑫YAMATO组曲第四乐章/久石让 ⑬YAMATO组曲第五乐章/久石让

2007年 W. D. O. BEST/久石让&新日本爱乐世界梦幻交响乐团

2007.06.20 UNIVERSAL SIGMA【初回限定盘】【通常盘】

①World Dreams ②巴黎的美国人 ③男欢女爱 ④白色恋人 ⑤风语低吟 ⑥罗什福尔的恋人们 ⑦The Pink Panther ⑧China Town ⑨Ironside ⑩电影《剃刀边缘》主题曲 ⑪秋水伊人 ⑫Mission Impossible ⑬圣母颂 【Bonus Track】⑭Waltz Ⅱ Suite for Jazz Orchestra No.2（未发表音源）【初回限定盘DVD】①天空之城 ②Raging Men（出自电影 *BROTHER*）③HANA-BI（出自电影*HANA-BI*）④罗密欧与朱丽叶

2008年 Piano Stories Best'88-'08

2008.04.16 UNIVERSAL SIGMA

①The Wind of Life ②Ikaros -2008 Remix-（东鸠《焦糖爆米花》广告歌曲）③HANA-BI（出自电影*HANA-BI*）④Fantasia（for

NAUSICAÄ）（出自电影《风之谷》）⑤Oriental Wind –2008 Remix–（三得利绿茶《伊右卫门》广告歌）⑥Innocent（出自电影《天空之城》）⑦Angel Springs（三得利《山崎》广告歌曲）⑧il porco rosso（出自电影《红猪》）⑨The Wind Forest（出自电影《龙猫》）⑩Cinema Nostalgia（日本电视台《周五路秀》片头主题曲）⑪Kids Return（出自电影《坏孩子的天空》）⑫A Summer's Day ⑬人生的旋转木马 –钢琴独奏版本–（出自电影《哈尔的移动城堡》）

2009年 Another Piano Stories-The End of the World-

2009.02.18　UNIVERSAL SIGMA【初回限定盘（CD+DVD）】【通常盘】

【CD】①Woman（蕾俪昂广告歌曲）②Love Theme of Taewangsashingi（出自韩国戏剧《太王四神记》）③Les Aventuriers

Departures ④Prologue ~ Theme ⑤Prayer ⑥Theme of Departures（出自电影《入殓师》）⑦Ponyo On the Cliff By the Sea（出自电影《悬崖上的金鱼姬》）⑧Destiny of Us（from Musical Turandot）（出自祝祭音乐剧《图兰朵》）

The End of the World ⑨Ⅰ.Collapse ⑩Ⅱ.Grace of the St.Paul ⑪Ⅲ.Beyond the World ⑫Ⅳ.The End of the World

【Bonus Track】⑬I'd rather be a Shellfish（出自电影《我想成为贝壳》）⑭I will be（日产*NEW SKYLINE*广告歌曲）

【初回限定盘DVD】Another Piano Stories ~The End of the World~ 录音花絮 ①The End of the World~I.Collapse~ ②Woman ③Departures ~Theme of Departures~ ④Ponyo On the Cliff By the Sea ⑤Oriental Wind ⑥久石让Interview

Minima_Rhythm 极简

2009.08.12　UNIVERSAL SIGMA【初回限定盘（CD+DVD）】【通

常盘】

【CD】①Links 室内乐团交响曲 ②Ⅰ.Pulsation ③Ⅱ.Fugue ④Ⅲ.Divertimento ⑤MKWAJU 1981–2009 世界末日 ⑥I.Collapse ⑦Ⅱ.Grace of the St.Paul ⑧Ⅲ.Beyond the World ⑨DA・MA・SHI・绘

【初回限定盘DVD】Minima_Rhythm Recording Video ①MKWAJU 1981–2009 ②The End of the World Ⅲ.Beyond the World ③Interview

2010年　Melodyphony

2010.10.27　UNIVERSAL SIGMA【初回限定盘B（CD+DVD）】

【通常盘CD】

【Melodyphony】①Water Traveller（电影《水之旅人》主题曲）②Oriental Wind（三得利《伊右卫门》广告歌）③Kiki's Delivery Service（出自电影《魔女宅急便》《能看见海的街》）④Saka No Ue No Kumo（出自NHK特别篇《坂上之云》）⑤Departures（出自电影《入殓师》）⑥Summer（出自电影《菊次郎的夏天》/丰田卡罗拉广告歌曲）⑦Orbis（三得利《一万人的第九》委托作品）⑧One Summer's Day（出自电影《千与千寻》《那个夏天》）⑨My Neighbour TOTORO（出自电影《龙猫》）

【Special DVD】Melodyphony Recording Video ①Departures ②One Summer's Day ③Kiki's Delivery Service ④Interview

Minima_Rhythm Recording Video ①MKWAJU 1981–2009 ②The End of the World Ⅲ.Beyond the World ③Interview

Best of JOE HISAISHI　Melodyphony + Minima_Rhythm/London

Symphony Orchestra

2010.10.27　UNIVERSAL SIGMA【初回限定盘A（2CD+DVD）】

【Melodyphony】①Water Traveller ②Oriental Wind ③Kiki's Delivery

Service ④Saka No Ue No Kumo ⑤Departures ⑥Summer ⑦Orbis ⑧One Summer's Day ⑨My Neighbour TOTORO

【Minima_Rhythm】①Links 室内乐团交响曲 ②Ⅰ.Pulsation ③Ⅱ.Fugue ④Ⅲ.Divertimento ⑤MKWAJU 1981-2009 世界末日 ⑥Ⅰ.Collapse ⑦Ⅱ.Grace of the St.Paul ⑧Ⅲ.Beyond the World ⑨DA·MA·SHI·绘

【Special DVD Melodyphony Recording Video】①Departures ②One Summer's Day ③Kiki's Delivery Service ④Interview

【Minima_Rhythm Recording Video】①MKWAJU 1981-2009 ②The End of the World Ⅲ.Beyond the World ③Interview

2012年 Vermeer & Escher

2012.02.15　Wonderland Records

Side Ver. ①Sense of the Light ②Circus ③A View of the River ④Blue and Eyes ⑤Vertical Lateral Thinking ⑥Muse-um

Side Esc. ⑦Trees ⑧Encounter ⑨Phosphorescent Sea ⑩Metamorphosis ⑪Other World

2014年 WORKS Ⅳ –Dream of W. D. O–

2014.10.08　UNIVERSAL SIGMA

巴拉莱卡琴、巴扬琴、吉他与小管弦乐队《起风了》第二组曲 ①旅途（梦中飞行）~菜穗子（相遇） ②卡普罗尼（设计师之梦） ③猎鹰团队~猎鹰 ④旅途（结婚） ⑤避难 ⑥菜穗子（想见你）~卡斯特鲁普（魔山） ⑦菜穗子（重逢） ⑧旅途（梦之王国） ⑨ Kiki's Delivery Service for Orchestra（2014） ⑩小提琴与管弦乐《我想成为贝壳》 交响幻想曲《辉夜姬物语》 ⑪序曲~月的不可思议 ⑫生的欢喜~春天来临 ⑬绝望 ⑭飞翔 ⑮天人的音乐~别离~月 ⑯小小的家

2015年　**Minima_Rhythm Ⅱ 极简2**

2015.08.05　UNIVERSAL SIGMA

①祈祷之歌for Piano（2015）②Shaking Anxiety and Dreamy Globe for 2 Marimbas（2012–2014）③Single Track Music 1 for 4 Saxophones and Percussion（2014–2015）④WAVE（2009）

String Quartet No.1（2014）⑤Ⅰ.Encounter ⑥Ⅱ.Phosphorescent Sea ⑦Ⅲ.Metamorphosis ⑧Ⅳ.Other World

2016年　**The End of the World/久石让&新日本爱乐世界梦幻交响乐团**

2016.07.13　UNIVERSAL SIGMA　CD

2016.07.23　UNIVERSAL SIGMA　黑胶

【CD】Disc1 ①祈 祷 之 歌 –Homage to Henryk Górecki– The End of the World for Vocalists and Orchestra ②Ⅰ.Collapse ③Ⅱ.Grace of the St.Paul ④Ⅲ.D.e.a.d ⑤Ⅳ.Beyond the World ⑥The Recomposed by Joe Hisaishi End of the World

Disc2《红猪》①il porco rosso ②Madness ③Dream More ④Symphonic Poem NAUSICAÄ 2015 ⑤Your Story 2015 ⑥World Dreams for Mixed Chorus and Orchestra

【黑胶】Side A ①祈祷之歌 –Homage to Henryk Górecki– The End of the World for Vocalists and Orchestra ②Ⅰ.Collapse ③Ⅱ.Grace of the St.Paul

Side B The End of the World for Vocalists and Orchestra ①Ⅲ.D.e.a.d ②Ⅳ.Beyond the World ③The Recomposed by Joe Hisaishi End of the World

Side C ①Symphonic Poem NAUSICAÄ 2015

Side D 《红猪》①il porco rosso ②Madness ③Dream More ④Your Story 2015 ⑤World Dreams

2010年 JOE HISAISHI CLASSICS①

德沃夏克　第九交响曲/舒伯特　第七交响曲

2010.07.28　Wonderland Records

德沃夏克　第九交响曲　e小调作品95"自新大陆"

①Ⅰ.Adagio–Allegro molto ②Ⅱ.Largo ③Ⅲ.Scherzo. Molto vivace ④Ⅳ.Allegro con fuoco

舒伯特　第七交响曲　b小调D759"未完成"

⑤Ⅰ.Allegro moderato ⑥Ⅱ.Andante con moto

JOE HISAISHI CLASSICS②

勃拉姆斯　第一交响曲/莫扎特　第四十交响曲

2010.09.01　Wonderland Records

勃拉姆斯　第一交响曲　c小调作品68

①Ⅰ.Un poco sostenuto–Allegro ②Ⅱ.Andante sostenuto ③Ⅲ.Un poco allegretto e grazioso ④Ⅳ.Adagio–Più andante–Allegro non troppo, ma con brio

莫扎特 第四十交响曲　g小调K.550

⑤Ⅰ.Molto allegro ⑥Ⅱ.Andante ⑦Ⅲ.Menuetto: Allegretto ⑧Ⅳ.Finale: Allegro assai

2011年 JOE HISAISHI CLASSICS③

柴可夫斯基　胡桃夹子/斯特拉文斯基　火鸟

2011.08.03　Wonderland Records

①Rossini William Tell Overture 罗西尼歌剧《威廉·退尔》序曲

柴可夫斯基　芭蕾组曲《胡桃夹子》作品71a

②Overture Miniature 小序曲 ③March 进行曲 ④Dance of the Sugar Plum

Fairy 糖果仙子之舞 ⑤Russian Dance（Trepak） 俄罗斯舞曲（特雷巴克） ⑥Arabian Dance 阿拉伯舞曲 ⑦Chinese Dance 中国舞曲 ⑧Dance of the Mirlitons（芦笛舞曲） ⑨Waltz of the Flowers 花之圆舞曲

斯特拉文斯基　芭蕾组曲《火鸟》1919年版

⑩Introduction 序奏 ⑪The Firebird and Its Dance/Variation of the Firebird 火鸟之舞/火鸟变奏曲 ⑫The Princesses' Rondo 公主之舞（霍洛沃多舞曲） ⑬Infernal Dance Of King Kashchei 魔王卡茨之舞 ⑭摇篮曲（Lullaby） ⑮Finale 终曲 ⑯Ravel Pavane for a Dead Princess 悼念公主的帕凡舞曲

2011年　JOE HISAISHI CLASSICS④

藤泽守　第五维度/贝多芬　第五交响曲、第七交响曲

2011.09.07　Wonderland Records

①Mamoru Fujisawa 5th Dimension 藤泽守　第五维度

贝多芬　第五交响曲　c小调作品67 "命运"

②Ⅰ.Allegro con brio ③Ⅱ.Andante con moto ④Ⅲ.Allegro ⑤Ⅳ.Allegro

贝多芬　第七交响曲　A大调作品92

⑥Ⅰ.Poco sostenuto–Vivace ⑦Ⅱ.Allegretto ⑧Ⅲ.Presto–Assai meno presto

⑨Ⅳ.Allegro con brio

电影原声带/印象集
ORIGINAL SOUND TRACK/IMAGE ALBUM

1983年　《风之谷》印象集　鸟之人……

1983.11.25　黑胶/盒式磁带※均已绝版

1985.06.25　CD　德间日本通讯

①风的传说 ②朝向遥远之地……（~娜乌西卡的主题~） ③海鸥

（Möwe）④巨神兵~多鲁美奇亚军~库夏娜公主 ⑤腐海 ⑥王虫 ⑦土鬼军的逆袭 ⑧战斗 ⑨朝向谷里的道路 ⑩遥远的每一天（~娜乌西卡的主题~）⑪鸟之人（~娜乌西卡的主题~）

1984年 《风之谷》交响曲 风的传说

1984.02.25 黑胶/盒式磁带※均已绝版

1984.05.25 CD 德间日本通讯

①风的传说 ②战斗 ③朝向遥远之地…… ④腐海 ⑤海鸥 ⑥巨神兵~多鲁美奇亚军~库夏娜公主 ⑦风之谷的娜乌西卡 ⑧遥远的每一天 ⑨朝向谷里的道路

《风之谷》原声带 朝向遥远之地……

1984.03.25 黑胶/盒式磁带※均已绝版

1984.06.25 德间日本通讯

①风之谷的娜乌西卡~片头曲~ ②王虫的暴走 ③风之谷 ④爱虫的公主 ⑤库夏娜的侵略 ⑥战斗 ⑦与王虫的交流 ⑧在腐海 ⑨培吉特的全灭 ⑩梅贝和柯贝特之战 ⑪复活的巨神兵 ⑫娜乌西卡安魂曲 ⑬鸟之人~终曲~

《W的悲剧》原声带

1984.12.21/复刻盘 1998.07.25 VOLCANO

①序幕 ②野外场景 ③冬日玫瑰（演唱/药师丸博子）④女优志愿 ⑤剧团《海》 ⑥W的悲剧 ⑦Woman~W的悲剧~（演唱/药师丸博子）⑧危险的台词 ⑨静香与摩子 ⑩a.裸体歌舞一号（Gymnopédies）b.安魂曲 c.弥撒曲 d.谢幕Ⅰ ⑪谢幕Ⅱ

《吉祥天女》印象集

1984.12.21/复刻盘 2000.04.26 德间日本通讯

①天女传说 ②叶小夜子 ③远野凉 ④天女飞翔 ⑤远野晓 ⑥魔性的女人
⑦血的抗争 ⑧小夜子与凉 ⑨预感 ⑩转生

1985年　《亚里安》印象集-风·荒野-

1985.10.25　德间日本通讯

①前奏曲 ②风·荒野（主题）③塞内加 ④海之军团 ⑤命运的线 ⑥魔宫 ⑦丽丝菲纳 ⑧闪耀的大地–土地与祭祀– ⑨闪耀的大地–前往奥林匹斯– ⑩风·荒野（结束主题）

1986年　《亚里安》原声带–青春的彷徨–

1986.03.25/复刻盘　1996.01.25　德间日本通讯

①冥王哈迪斯~主题~ ②雅典娜与阿波罗~塞内加~ ③亚里安·主题 ④战斗 ⑤丽丝菲纳~思念（演唱/高桥美纪）⑥普罗米修斯~海蚀洞 ⑦波塞冬 ⑧初上战场 ⑨宿命·哈迪斯~波塞冬之死 ⑩前往奥林匹斯 ⑪堤丰 ⑫大地神盖亚~阿波罗 ⑬丽丝菲纳与亚里安 ⑭珀加索斯的少女（演唱/后藤恭子）

1986年　交响组曲《亚里安》

1986.04.25　德间日本通讯

①第一章 ②第二章 ③第三章 ④第四章（《丽丝菲纳之歌》）⑤第五章 ⑥第六章

《天空之城》印象集　空中降临的少女

1986.05.25　黑胶/盒式磁带※均已绝版

1986.05.25　CD　德间日本通讯

①天空之城 ②鸽子与少年 ③矿夫 ④飞行石 ⑤朵拉 ⑥希达与巴斯 ⑦大树 ⑧拉普达 ⑨龙之巢穴 ⑩要塞 ⑪希达与巴斯 ⑫遗失的乐园

《天空之城》原声带　飞行石的秘密

1986.08.15　黑胶/盒式磁带※均已绝版

1986.09.25　CD　德间日本通讯

①空中降临的少女 ②铁道车溪谷的早朝 ③痛快的打斗（~追踪） ④肯德亚家乡的回忆 ⑤失落的巴斯 ⑥机器人兵（复活~救出） ⑦合唱：伴随着你（演唱/杉并儿童合唱团） ⑧希达的决心 ⑨在虎蛾号中 ⑩毁灭前的征兆 ⑪月光下的云海 ⑫天空之城拉普达 ⑬拉普达的崩坏（演唱/杉并儿童合唱团） ⑭伴随着你（演唱/井上杏美）

《天空之城》交响乐篇　大树

1986.12.21　黑胶/盒式磁带※均已绝版

1987.01.25　CD　德间日本通讯

①序幕~邂逅 ②海盗婆婆朵拉 ③空中漫步 ④贡多拉（被母亲拥抱） ⑤伟大的传说 ⑥大混乱 ⑦矿山镇 ⑧时间之城

1987年　《情系铁骑》原声带

1987.10.05　东芝EMI

①片头曲·主题 ②雨/甲斐义弘（作曲/甲斐义弘） ③ Born to Be a Runner/三浦秀美 ④Take Me to the Party/黑住宪五 ⑤Flying High/SYOKO ⑥时间啊，你要是老朋友的话/久石让 ⑦像鸟一样/和田加奈子 ⑧黑色狂想曲/BOøWY（作曲/冰室京介） ⑨Bitter Luck Lovers/伊东真由美 ⑩ALL NIGHT/高中正义（作曲/高中正义） ⑪目光/黑住宪五 ⑫心的战场/大和美惠子

《龙猫》印象演唱歌曲集

1987.11.25　黑胶/盒式磁带※均已绝版

1987.11.25　CD　德间日本通讯

①龙猫（演唱/井上杏美） ②风吹过的路（演唱/杉并儿童合唱团）

③散步（演唱/井上杏美·杉并儿童合唱团） ④迷路（演唱/井上杏美） ⑤煤烟（演唱/杉并儿童合唱团） ⑥猫巴士（演唱/北原拓） ⑦不可思议的接龙歌曲（演唱/森公美子） ⑧妈妈（演唱/井上杏美） ⑨小小的照片（演唱/久石让） ⑩篝火节（演唱/井上杏美） ⑪风吹的路（演奏版）

1988年 **《龙猫》原声带**

1988.05.01　黑胶/盒式磁带※均已绝版

1988.05.01　CD　德间日本通讯

①散步–片头曲– ②五月的村子 ③闹鬼的房子！ ④芽衣和煤烟 ⑤黄昏的风 ⑥不要害怕 ⑦去探望 ⑧妈妈 ⑨小怪物 ⑩龙猫 ⑪冢森的大树 ⑫迷路 ⑬风一样的道路 ⑭湿透的怪物 ⑮月夜的飞行 ⑯芽衣不见了 ⑰猫巴士 ⑱太好了 ⑲邻家的龙猫–片尾曲– ⑳散步（合唱）

《王家的纹章》插图本录音原声带

1988.06.21　NEC Avenue/复刻盘　KingRecord

①王家的纹章~主题曲~ ②卡洛尔~闪烁的瞳孔中~ ③王者~青狮们~ ④爱的主题~超越遥远的时空~ ⑤卡洛尔~思念~黄金少女的梦~

《龙猫》原声带

1988.09.25　黑胶/盒式磁带※均已绝版

1988.09.25　CD　德间日本通讯

①风一样的道路–Acoustic Version– ②妈妈 ③五月的村子 ④散步 ⑤邻家的龙猫 ⑥迷路 ⑦煤烟 ⑧猫巴士 ⑨小小的照片 ⑩风一样的道路

《金星战记》印象集

1988.12.21　WARNER–PIONEER

①前往金星的那头 ②灼热的环路 ③青空市场 ④伊修塔尔袭来 ⑤爱的

主题（For Maggie） ⑥青春的飞驰 ⑦苏的主题 ⑧金星的风 ⑨伊娥市
⑩燃烧的战场

1989年 《魔女宅急便》印象集

1989.04.10 盒式磁带※绝版 CD 德间日本通讯

①妈妈的扫帚 ②找寻街道 ③城镇的夜晚 ④我很好 ⑤在海滩的约会
⑥风之丘陵 ⑦蜻蜓 ⑧莉莉与吉吉 ⑨如此广大的世界 ⑩面包屋老板的
窗户 ⑪突来的强风 ⑫树叶间透露阳光的小巷

《金星战记》原声带

1989.04.10/2005.12.21 日本哥伦比亚株式会社

①主题曲（前往金星的那头） ②青空市场 ③灼热的环路 ④爱的主题
（For Maggie） ⑤青春的飞驰 ⑥主题曲–猎犬–（Reprise） ⑦金星的
风 ⑧死点 ⑨苏 VS 多纳 ⑩战场，留下了什么…… ⑪吹向明天的风

《魔女宅急便》原声带音乐集

1989.08.10 盒式磁带※绝版 1989.08.25 黑胶※绝版

1989.08.25 CD 德间日本通讯

①晴朗的那一日…… ②踏上旅程 ③能看见海的街道 ④飞天的宅急便
⑤在面包店帮忙 ⑥第一份工作 ⑦伪装猫玩偶的吉吉 ⑧老狗杰夫 ⑨忙
碌的琪琪 ⑩无法赴约的派对 ⑪索娜姐姐委托的事情…… ⑫有螺旋桨
的脚踏车 ⑬我不会飞了！ ⑭伤心的琪琪 ⑮前往乌露丝拉的小屋 ⑯神
奇的一幅画 ⑰失控的自由冒险号 ⑱老爷爷的地板刷 ⑲用飞行地板刷
构成的相会 ⑳口红的传言（演唱/荒井由实） ㉑若被温柔包围（演唱/
荒井由实）

《魔女宅急便》声乐专辑

1989.11.25 盒式磁带※绝版 CD 德间日本通讯

①季节的交替 ②像是寻找着什么 ③记忆的探索 ④内心的思绪 ⑤黄昏下迷路的孩子们 ⑥变成鸟的我 ⑦我就是喜欢！ ⑧向往的城市 ⑨魔法的温暖

1990年 《塔斯马尼亚物语》原声带

1990.07.21 Pony Canyon PCCA-00095

①塔斯马尼亚物语-片头曲- ②与直子的邂逅 ③前往塔斯马尼亚岛~主题曲~ ④父与子的再会 ⑤正一与实的友情 ⑥塔斯马尼亚的动物们 ⑦森林里的枪声-荣二的决心 ⑧草原的孩子们 ⑨正一与实,前往森林深处 ⑩黑暗中的塔斯马尼亚魔王 ⑪正一与实的离别 ⑫塔斯马尼亚的彩虹 ⑬荣二的告白 ⑭直子的草笛 ⑮父与子的交流 ⑯启程-寻找塔斯马尼亚虎- ⑰"我看到了哦,爸爸的塔斯马尼亚虎" ⑱正一与荣二,各自的想法 ⑲尾声 ⑳塔斯马尼亚物语~主题曲~

1991年 《仔鹿物语》Sound Theater Library

1991.03.21 NEC Avenue

钏路湿原·秋 ①钏路湿原 ②通道别海的路 ③牧场的一处风景 ④映照夕阳的湖泊

邂逅 ⑤相爱的两人 ⑥浮冰与北海道鹿 ⑦墓标 ⑧与花子的离别 ⑨邂逅(主题曲)

车站 ⑩在塘路站 ⑪初乳 ⑫小鹿的十四行诗

家人的肖像 ⑬家人的肖像

恋人们的海滨 ⑭恋人们的海滨

奔跑吧Lucky ⑮突如其来的一件事 ⑯约定 ⑰奔跑吧Lucky 父亲的背 ⑱父亲的背

黑暗当中 ⑲行者葫 ⑳黄昏的杂木林 ㉑在黑暗中

天使的心 ㉒家人的羁绊 ㉓誓言

挽救Lucky ㉔爱的接力-Part1 ㉕爱的接力-Part2 ㉖爱的接力-Part3

㉗爱的接力–Part4

小鹿与孩子们 ㉘小鹿与孩子们（主题曲）

老人与孩子 ㉙老人与孩子

离别的预感 ㉚起风了 ㉛野性苏醒 ㉜离别列车 ㉝再会的彼端

向希望的大转弯 ㉞向希望的大转弯

仔鹿物语~主题曲~ ㉟仔鹿物语~主题曲~

《两个人》Sound Theater Library

1991.04.21　　NEC Avenue

2001.10.30　复刻盘　原创原声带　Wonderland Records

【Sound Theater Library】

序章 ①风的时间——片头曲 ②单色（monochrome）

近在眼前…… ③北尾家的人们 ④父亲与女儿 ⑤意想不到的事 ⑥白色的指尖

明亮的日子 ⑦实加与真子 ⑧还是少女的模样

追忆 ⑨离别的预感 ⑩摇晃的纽扣 ⑪姐姐的初恋

朋友 ⑫成为风 ⑬现在哭泣的乌鸦在…… ⑭石阶路 ⑮看得到海的风景 ⑯生命的线 ⑰鼓掌的两人

毕业·入学 ⑱两人与两人 ⑲闪耀的瞬间

恶意 ⑳弄脏的剧本 ㉑黑色的电话 ㉒颤抖 ㉓体贴 ㉔一个人生活

音乐剧 ㉕宴会的光影 ㉖疼痛

家人的羁绊 ㉗寂寞的人们 ㉘失去的东西

尾声 ㉙白色页张 ㉚草的思念–两个人·爱的主题

【原声带】

①草的思念~两个人·爱的主题~ ②风的时间 ③单色 ④父亲与女儿 ⑤意想不到的事 ⑥还是少女的模样 ⑦离别的预感 ⑧摇晃的纽扣 ⑨姐姐的初恋 ⑩成为风 ⑪看得到海的风景 ⑫闪耀的瞬间 ⑬颤抖 ⑭体贴 ⑮一个人生活 ⑯宴会的光影 ⑰寂寞的人们 ⑱失去的东西 ⑲白色页张

1992年　天外魔境Ⅱ 卍 MARU/FAR EAST OF EDEN MANJI MARU

1992.02.01　NEC Avenue※只登载久石让负责曲目

①标题 ②开场（宇宙空间） ③卍丸的主题 ④极乐的主题 ⑤歌舞伎的主题 ⑥丝绸的主题 ⑦L地图（一般） ⑧L地图（持有圣剑） ⑨结局

《红猪》印象集

1992.05.25　盒式磁带※绝版　CD　德间日本通讯

①亚德利亚海的青空 ②冒险飞行家的时代 ③深红的机翼 ④云海中的萨博伊亚号 ⑤短笛社 ⑥战争游戏 ⑦刺鲨虎鱼号 ⑧阿德里安的窗户 ⑨世界恐慌 ⑩马鲁克与吉娜的主题

1992年　《红猪》原声带

1992.07.25　盒式磁带※绝版　CD　德间日本通讯

①时代的风–不再为人之时– ②MAMMAIUTO ③Addio! ④一去不返的时光 ⑤深褐色的照片 ⑥Serbia March ⑦Flying Boatmen ⑧Doom–乌云密布– ⑨Porco e Belle（红猪与美女） ⑩Fio–Seventeen ⑪吹短笛的女人们 ⑫Friend ⑬Partner Ship ⑭狂气–飞翔– ⑮前往亚德利亚海 ⑯追寻着遥远的时代 ⑰荒野的一见钟情 ⑱夏天结束时 ⑲遗失的灵魂–LOST SPIRIT– ⑳Dog Fight ㉑Porco e Bella–Ending– ㉒樱桃成熟之时（演唱/加藤登纪子） ㉓偶尔聊聊过去的事吧（演唱/加藤登纪子）

《B+1》电影原声带

1992.10.21　NEC Avenue

①Murder Case A（Remix）~《热海杀人事件》~ ②As Time Passes（Original Soundtrack）~《NASA–从未来掉下来的男人–》~ ③Next Win（Remix）~《回来》~ ④Edge of Ice（Original Soundtrack）~《极道渡世的每个好人》~ ⑤Against Love（Original Soundtrack）~《极道渡世的每个好人》~ ⑥Dear Friends（Original Soundtrack）~《福泽谕

吉》~ ⑦The Fatal Day（Original Soundtrack）~《福泽谕吉》~ ⑧Spring Powder（Original Soundtrack）~《春之钟》~ ⑨Remorse Wind（Original Soundtrack）~《春之钟》~ ⑩Fairy Dance（Original Soundtrack）~《人狗奇缘物语》⑪Dairy（Remix）~《钓鱼迷日志2》~

1991年　《那年夏天，宁静的海》

1991.10.09　东芝EMI

2001.06.28　复刻盘　Wonderland Records

①Silent Love（Main Theme）②Clifside Waltz Ⅰ ③Island Song ④Silent Love（In Search of Something）⑤Bus Stop ⑥While at Work ⑦Clifside Waltz Ⅱ ⑧Solitude ⑨Melody of Love ⑩Silent Love（Forever）⑪Alone ⑫Next is My Turn ⑬Wave Cruising ⑭Clifside Waltz Ⅲ

1993年　《远远乡愁》

1993.01.21　电影音乐库　NEC Avenue

2001.10.30　原声带复刻盘　Wonderland Records

【《远远乡愁》Sound Theater Library】①序幕 《向小遥那边》②邂逅~追忆X.T.C.③融合 ④回想~朋友突如其来的死 ⑤赤坂的Bar ⑥时间之丘~慎介与小遥~ ⑦高岛岬 ⑧少女的话~相信梦吧~ ⑨记忆的断片

《向三好遥于那边》⑩娼家街 ⑪被掩盖的过去~咏叹·孤独（意大利语版）~ ⑫回忆~公园里发生的事~ ⑬过去与现在 ⑭回家的路

《向佐藤弘那边》⑮时间之丘~弘与小遥~ ⑯少女的话~相信所说的话~ ⑰杀意 ⑱我想知道 ⑲悔恨 ⑳杀了妈妈？ ㉑爸爸的死 ㉒回忆~故事的结局

《远远乡愁》㉓尾声 ㉔忧郁的咏叹~咏叹·孤独（日语版）~

【原声带】

①邂逅~追忆X.T.C.②序幕 ③融合 ④回想~朋友突如其来的死~ ⑤赤

坂的Bar ⑥时间之丘~慎介与小遥~ ⑦高岛岬 ⑧少女的话~相信梦吧~ ⑨被掩盖的过去~咏叹·孤独（意大利语版）~ ⑩过去与现在 ⑪少女的话~相信所说的话~ ⑫杀意 ⑬悔恨 ⑭回忆~从故事的结局开始 ⑮尾声 ⑯忧郁的咏叹~咏叹·孤独（日语版）~

1993年 《Sonatine 奏鸣曲》

1993.06.09　东芝EMI

①Sonatine Ⅰ~act of violence~ ②Light and Darkness ③Play on the Sands ④Rain After That ⑤A on the Fullmoon of Mystery ⑥Into a Trance ⑦Sonatine Ⅱ~in the Beginning ⑧Magic Mushroom ⑨Eye Witness ⑩Runaway Trip ⑪Möbius Band ⑫Die out of Memories ⑬See you…… ⑭Sonatine Ⅲ~be over~

《水之旅人》原声带

1993.08.04　King Record

①水之旅人~序幕~ ②小悟与家人 ③文化华尔兹 ④小悟与少名彦 ⑤公园的小路 ⑥与乌鸦的决战 ⑦实现梦想 ⑧被水库淹没的村子 ⑨水车小屋 ⑩安魂曲 ⑪爸爸的宝物 ⑫武士道 ⑬少名彦的愿望 ⑭激流勇进 ⑮小悟的愿望 ⑯水之旅人~主题曲~ ⑰我相信你……（原声带版本）（演唱/中山美穗）

1994年 原声带《钢琴》Volume 1

1994.06.25　PIONEER

①钢琴（JOE'S PROJECT） ②Ripply Mind~喧闹的心 ③Run to Me ④Gleam~闪耀的瞬间 ⑤The Bonds of Love~爱情的羁绊 ⑥Fortepiano~心的奥妙 ⑦Suspicious ⑧钢琴~不可替代的妹妹 ⑨From Pianissimo~小小的决心 ⑩Path to the Lights~通往希望的道路 ⑪White Lie~善意的谎言 ⑫Closed Fist~紧握的拳 ⑬Twitter~姐妹的欢喜 ⑭Forenoon~凌晨

⑮Behind Backs~背叛 ⑯Instrumental~钢琴

原声带《钢琴》Volume 2

1994.08.25　PIONEER

①钢琴（纯名里沙&JOE'S PROJECT）②South Wind~南风 ③Regrets~晚霞 ④Music Box~lost ⑤Searching Time~找寻的东西 ⑥Broken Whistle~意外收获 ⑦She Calls~迎接 ⑧Side Walk~草笛 ⑨Piano ⑩Music Box~found ⑪Tears~夜 ⑫No Answer ⑬钢琴~Instrumental ⑭奇怪的街（纯名里沙）⑮闪闪亮亮（纯名里沙）

钓鱼迷日记 Music File Vol. 1

1994.12.21　VAP※仅登载久石让负责的《钓鱼迷日记2》部分

电影《钓鱼迷日记2》　音乐：久石让

⑨序幕 ⑩《钓鱼迷日记2》主题曲 ⑪佐佐木课长的主题~小滨对课长的看法 ⑫小滨家的夜晚 ⑬小铃木先生一人的旅行~与弥生的相遇 ⑭伊良湖岬的铃木先生与小滨~小滨被开除！？a.M15 b.M16 c.M17 ⑮弥生与铃木先生的再会~小滨出轨嫌疑 ⑯与弥生告别 ⑰大团圆

1996年　《Kids Return》

1996.06.26　POLYDOR

①MEET AGAIN ②GRADUATION ③ANGEL DOLL ④ALONE ⑤AS A RIVAL ⑥PROMISE……FOR US ⑦NEXT ROUND ⑧DESTINY ⑨I DON'T CARE ⑩HIGH SPIRITS ⑪DEFEAT ⑫BREAK DOWN ⑬NO WAY OUT ⑭THE DAY AFTER ⑮KIDS RETUREN

1996年　《银河铁道之夜/NOKTO DE LA GALAKSIA FERVOJO》

1996.07.20　日本哥伦比亚株式会社

2013.07.24　复刻盘　日本哥伦比亚株式会社

①银河铁道之夜 ②三个漂流者 ③上新世海岸 ④天气轮的华尔 ⑤捕鸟人 ⑥乔瓦尼的风景 ⑦北十字星 ⑧南十字星的祈祷~New World~（作曲/安东尼·德沃夏克Antonín DvoSák）⑨卡姆帕内卢拉 ⑩银河铁道之夜（reprise）

《幽灵公主》印象集

1996.07.22　德间日本通讯

①阿席达卡战记 ②邪魔神 ③被遗忘的人民 ④幽灵公主 ⑤亚克路 ⑥山兽神森林 ⑦黑帽大人 ⑧木灵们 ⑨犬神莫娜 ⑩阿席达卡与小珊

1997年　《寄生前夜》

1997.02.01　POLYDOR

①EVE–Vocal Version ②Choral ③Cell ④Darkness ⑤Explosion ⑥EVE–Piano Version

《幽灵公主》原声带

1997.07.02　德间日本通讯

①阿席达卡战记 ②邪魔神 ③启程–向西边– ④被诅咒的力量 ⑤秽土 ⑥相遇 ⑦木灵们 ⑧山兽神森林 ⑨黄昏的炼铁厂 ⑩邪魔神 Ⅱ–被夺去的山– ⑪黑帽大人 ⑫炼铁的女人们–黑帽炼铁歌– ⑬修罗 ⑭从东方来的少年 ⑮安魂曲 ⑯活下去 ⑰山兽神森林中的两个人 ⑱幽灵公主演奏版 ⑲安魂曲Ⅱ ⑳幽灵公主声乐演唱 ㉑战鼓擂响 ㉒炼铁厂前的战斗 ㉓被诅咒的力量Ⅱ ㉔安魂曲Ⅲ ㉕败仗 ㉖邪魔神Ⅲ ㉗生与死的柔板 ㉘黄泉的世界 ㉙黄泉的世界Ⅱ ㉚生与死的柔板Ⅱ ㉛阿席达卡与小珊 ㉜幽灵公主剩余演唱片尾 ㉝阿席达卡战记片尾

1998年　《HANA–BI》

1998.01.01　POLYDOR

①HANA-BI ②Angel ③Sea of Blue ④……and Alone ⑤Ever Love
⑥Painters ⑦Smile and Smile ⑧Heaven's Gate ⑨Tenderness ⑩Thank
You,……for Everything ⑪HANA-BI（reprise）

交响组曲《幽灵公主》

1998.07.08　德间日本通讯

①第一章　阿席达卡战记 ②第二章　TA·TA·RI·GAMI ③第三章
启程-向西边- ④第四章　幽灵公主 ⑤第五章　山兽神森林 ⑥第六章
安魂曲~被诅咒的力量~ ⑦第七章　黄泉的世界~生与死的柔板 ⑧第八
章　阿席达卡与小珊

《时雨之记》原声带

1998.10.31　日本哥伦比亚株式会社

①鼓动 ②再会 ③二十年的思念 ④鼓动Ⅱ~告白 ⑤la pioggia~镰仓 ⑥绘
志野 ⑦跃动 ⑧骤雨 ⑨la pioggia~时雨亭 ⑩誓言 ⑪家人 ⑫只有两个人
的场所 ⑬命运 ⑭格拉纳达 ⑮西班牙的风 ⑯鼓动Ⅲ~时雨亭迹 ⑰宁静
的爱 ⑱残像 ⑲生命 ⑳留下的东西 ㉑鼓动Ⅳ~吉野山 ㉒la pioggia

1989年　NHK特别篇《惊异的小宇宙·人体》原声带/THE UNIVERSAL WITHIN

1989.05.21　NEC Avenue

①THE INNERS Opening Theme-Synthesizer Version~去遥远的时间那
边 ②TOUR IN CELL~微小的战士们~ ③FANTASY~如此壮大的小宇
宙~ ④MYSTERIOUS LOVE~人·与·爱 ⑤TRASIENT LIFE~泡影般
的梦~ ⑥MICROWORLD~十几微米的远景~ ⑦BIRTH~生命的欢喜~
⑧THE ORIGIN OF SPECIES~35亿年的结晶~ ⑨INNER VOYAGE~内
部宇宙的航行~ ⑩MIND SPACE~永恒的亚空间之旅~ ⑪SYSTEM OF
LIFE~60兆细胞，眼花缭乱的世界~ ⑫THE INNERS Ending Theme-

Orchestra Version~去遥远的时间那边~

1990年　NHK特别篇《惊异的小宇宙·人体》原声带Ⅱ/MORE　THE UNIVERSE WITHIN

1990.12.21　NEC Avenue

①THE INNERS~去遥远的时间那边~ Opening Theme Synthesizer Version ②HEART OF NOISE~生命的胎动~ ③STRANGER~前往广阔无边的未知世界~ ④DÉJÀVU~似曾相识~ ⑤OMEGA QUEST~永恒的探索者~ ⑥VOICE OF SILENCE~寂静中的第一声啼哭~ ⑦ANIMA PORTRAIT~灵魂肖像~ ⑧ONE NIGHT DREAM~千亿光年的梦物语~ ⑨HUMAN WAVE~60兆的涟漪~ ⑩THE INNERS~去遥远的时间那边~ 小提琴版

1993年　NHK特别篇《惊异的小宇宙·人体Ⅱ》原声带
Vol.1/大脑与心 BRAIN & MIND

1993.12.17　PONY CANYON

①BRAIN & MIND 对未知秘境的诱惑 ②NEW GENERATION 对未来人的预感 ③MEMORIES OF…… 鲜明的记忆残照 ④PRINCIPLE OF LOVE 温柔的萌芽 ⑤WHY DO THE PEOPLE 漫长旅程的尽头 ⑥GONE TO SCIENCE 穿越时空，追求憧憬 ⑦IMAGINATION FACTORY 魔术师们的家 ⑧MYSTERIOUS NEURON 闪亮的神秘世界 ⑨NATURAL SELECTION 致消亡物种的挽歌 ⑩ETERNAL HARMONY 闪烁的瞬间 ⑪EMOTION 永远的春天

1994年　NHK特别篇《惊异的小宇宙·人体Ⅱ》原声带
Vol.2/大脑与心 BRAIN & MIND

1994.03.18　PONY CANYON

①COMPASSION 被孕育的生命 ②RETURN TO LIFE 令人吃惊的再生能力 ③DREAM OF GAEA 盖亚的梦 ④FAR AND AWAY 意识与无

意识的夹缝 ⑤PROCESS OF EVOLUTION 命运的万花筒 ⑥PERFECT RESONANCE 灵魂的共鸣 ⑦A MOMENT OF HAPPINESS 至高幸福的瞬间 ⑧HUMAN NATURE 美丽与诡计 ⑨MIND SPACE ODYSSEY 对遥远道路的诱惑 ⑩FLASHOVER 在这一瞬间的想法

1999年 **NHK特别篇《惊异的小宇宙·人体Ⅲ~基因·DNA》原声带 Vol. 1 Gene–基因–**

1999.04.28 PONY CANYON

①Gene ②超越遥远的时间 ③Mysterious Operation ④History ⑤Micro Cosmos ⑥Cell Division ⑦Children's Whisper ⑧Wonderful Life ⑨A Gift From Parents ⑩Choral for Gene

1999年 **NHK特别篇《惊异的小宇宙·人体Ⅲ~基因·DNA》原声带 Vol. 2 Gene–基因–Vol. 2**

1999.08.04 PONY CANYON

①History（Remix） ②Gene ③Eternal Mind ④Desire ⑤Gene（Wood Winds） ⑥Choral for Gene（Another Version） ⑦Pandora's Box ⑧Ophelia ⑨Gene（Piano） ⑩Telomere ⑪超越遥远的时间（Another Version） ⑫Gene（Violin+Cello） ⑬A Gift from Parents（Remix）

菊次郎的夏天　原声带

1999.05.26 POLYDOR

①Summer ②Going Out ③Mad Summer ④Night Mare ⑤Kindness ⑥The Rain ⑦Real Eyes ⑧Angel Bell ⑨Two Hearts ⑩Mother ⑪River Side ⑫Summer Road

JOE HISAISHI Best Selection

1999.12.22 GENEON ENTERTAINMENT INC.

①Piano ②Hush~树叶间透露阳光的小巷《魔女宅急便》 ③Rosso Adriatico 深红的机翼《红猪》 ④MIRAGE~1994 Paradise ⑤I Stand Alone~追忆的 X.T.C.《远远乡愁》 ⑥I Believe in You~我相信你…《水之旅人》 ⑦Girl~《穿越时空的少女·主题曲》 ⑧GRANADA ⑨钢琴（英文版） ⑩Two of Us~草的思念《两个人》 ⑪THE WALTZ~For World's End《美丽年华》主题曲 ⑫Here We Are~青春的纪念碑《青春摇滚》 ⑬Labyrinth of Eden ⑭钢琴（纯名里沙&JOE'S PROJECT）~钢琴（NHK晨间剧）

2000年 《初恋》原声带

2000.03.23 POLYDOR

①Prologue~Spring Rain ②信 ③Challenge ④樱花树下 ⑤时间流逝 ⑥Spring Rain ⑦秘密 ⑧Mother's Love ⑨回忆 ⑩时间流逝Ⅱ ⑪初恋 ⑫再会 ⑬许愿樱 ⑭Portrait of Family ⑮Epilogue~初恋

川流不息 原声带

2000.04.09 日本哥伦比亚株式会社

①Village Song（保加利亚歌曲） ②Memories ③交流Ⅰ ④记忆的罪 ⑤心跳 ⑥Old Fishermans ⑦涂鸦（graffiti） ⑧交流Ⅱ ⑨剩下的时间 ⑩Memories~Refrain~ ⑪The River ⑫A Storm ⑬Voice of the Sea（保加利亚歌曲） ⑭时光流逝 ⑮The River~离别~ ⑯川流不息2000（片尾曲）（作词/秋元康；作曲/见岳章；演唱/美空云雀）

2001年 BROTHER 原声带

2001.01.17 POLYDOR

①Drifter……in LAX ②Solitude ③Tattoo ④Death Spiral ⑤Party~One Year Later~ ⑥On the Shore ⑦Blood Brother ⑧Raging Men ⑨Beyond the Control ⑩Wipe out ⑪Liberation from the Death ⑫I Love You……Aniki

⑬Ballade ⑭BROTHER ⑮BROTHER–remix version–

《千与千寻》印象集

2001.04.04 德间日本通讯

①到那一天的小河那里去（演唱/山形夕佳） ②夜来临 ③天神大人们（演唱/大高静子） ④油屋（演唱/上条恒彦） ⑤不可思议国的住民 ⑥寂寞寂寞（演唱/釜范弘） ⑦孤单（Solitude） ⑧海 ⑨白龙（演唱/RIKKI） ⑩千寻的华尔兹曲

2001年 joe hisaishi meets kitano films

2001.06.21 POLYDOR

①INTRO：OFFICE KITANO SOUND LOGO ②Summer（菊次郎的夏天）③The Rain（菊次郎的夏天） ④Drifter……in Lax（BROTHER）⑤Raging Men（BROTHER） ⑥Ballade（BROTHER） ⑦兄弟（BROTHER） ⑧Silent Love（主题曲）（那年夏天，宁静的海）⑨Clifside Waltz Ⅲ（那年夏天，宁静的海） ⑩Bus Stop（那年夏天，宁静的海） ⑪Sonatine I~Act of Violence~（Sonatine） ⑫Play on the Sands（Sonatine） ⑬KIDS RETURN（Kids Returen） ⑭NO WAY OUT（Kids Return） ⑮Thank You,……for Everthing（HANA–BI）⑯HANABI（HANA–BI）

《千与千寻》原声带

2001.07.18 德间日本通讯

①那个夏天 ②风之甬道 ③无人料理店 ④夜来临 ⑤白龙少年 ⑥锅炉虫 ⑦诸神们 ⑧汤婆婆 ⑨浴场的早晨 ⑩那一天的河 ⑪工作很辛苦 ⑫腐烂神 ⑬千的勇气 ⑭无底洞穴 ⑮无面人 ⑯第六号车站 ⑰沼底的家 ⑱汤婆婆狂乱 ⑲重新开始 ⑳归日 ㉑永远同在（演唱/木村弓）

Quartet-四重奏　原声带

2001.09.27　POLYDOR

①Main Theme ②Student Quartet ③帕萨卡里亚舞曲 ④Black Wall（Strings Quartet）⑤湖边的四重奏 ⑥Melody Road（My Neighbour TOTORO~HANABI~KIDS RETURN）⑦DA・MA・SHI・绘（Sax Quartet）⑧Lover's Rain ⑨冬日的梦 ⑩……for Piano ⑪Black Wall（Orchestra）⑫Quartet g-moll ⑬Main Theme–Remix

LE PETIT POUCET

2001.10.15　STUDIOCANAL MUSIQUE※进口盘

①"La lune brille pour toi"（interprétée par Vanessa Paradis）Version Edit ②Le Petit Poucet（Main theme）③La forêt de Rose ④L'attaque des pillards ⑤Sur le chemin de cailloux blancs ⑥Perdus ⑦Les piècesd'or ⑧Aux loups! ⑨La maison rouge ⑩A la table de l'Orge ⑪Le jardin secret ⑫L'Orge ⑬La forêt rouge ⑭Entre l'Orge et la falaise ⑮Le duel ⑯Le messager de la Reine ⑰"La lune brille pour toi"（interprétée par Vanessa Paradis）Générique de fin

JOE HISAISHI COMPLETE Best Selection

2001.12.12　PIONEER　复刻盘　GENEON

①Forenoon~凌晨 ②Here We Are~青春的纪念碑《青春摇滚》 ③I Believe in You~我相信你……《水之旅人》 ④樱花开了 ⑤Path to the Lights~通往希望的道路 ⑥Hush~树叶间透露阳光的小巷 电影《魔女宅急便》 ⑦HOPE ⑧Two of Us~草的思念 电影《两个人》 ⑨Lost Paradise ⑩Lonely Dreamer~像鸟一样 电影《情系铁骑》 ⑪Rosso Adriatico 深红的机翼 电影《红猪》 ⑫Piano（Re-Mix）~钢琴 NHK晨间剧《钢琴》 ⑬季节风（Mistral）⑭The Dawn ⑮Closed Fist~紧握的拳 ⑯Broken Whistle~意外收获

2002年　Castle in the Sky~天空之城·美国版 原声带

2002.10.02　德间日本通讯

①Prologue~Flaptors Attack ②The Girl Who Fell from the Sky（Main Theme）③The Levitation Crystal ④Morning in the Mining Village ⑤Pazu's Fanfare ⑥The Legend of Laputa ⑦A Street Brawl ⑧The Chase ⑨Floating with the Crystal ⑩Memories Of Gondoa ⑪Stones Glowing in the Darkness ⑫Disheartened Pazu ⑬Robot Soldiers~Resurrection–Rescue~ ⑭Dola and the Pirates ⑮Confessions in the Moonlight ⑯The Dragon's Nest ⑰The Lost Paradise ⑱The Forgotten Robot Soldier ⑲The Invasion of Goliath ⑳Pazu Fights Back ㉑The Final Showdown ㉒The Destruction of Laputa（Choral Version）㉓The Eternal Tree of Life

2002年　Dolls 原声带

2002.12.02　UNIVERSAL J

①樱–SAKURA– ②白–PURE WHITE– ③掫–MAD– ④感–FEEL– ⑤人偶–DOLLS–

交响乐版《龙猫》

2002.10.23　德间日本通讯

《龙猫（交响乐版）》旁白/糸井重里 ①散步 ②五月的村子 ③煤烟~妈妈 ④发现龙猫！⑤风一样的道路 ⑥迷路 ⑦猫巴士 ⑧邻家的龙猫《龙猫》组曲 ⑨散步 ⑩五月的村子 ⑪煤烟~妈妈 ⑫发现龙猫！⑬风一样的道路 ⑭迷路 ⑮猫巴士 ⑯邻家的龙猫

风之盆 NHK剧场《风之盆》原声带

2002.11.23　Wonderland Records

①风之盆 ②彷徨 ③邂逅 ④风之盆·贰 ⑤彷徨·贰 ⑥追忆 ⑦风之盆·叁

壬生义士传　原声带

2002.12.26　VOLCANO

①降雪之夜 ②壬生的狼 ③雨宴 ④"对不住了" ⑤故乡–南部盛冈–
⑥讨伐 ⑦萤 ⑧致爱人 ⑨别离 ⑩时代的脚步声 ⑪忠义之道 ⑫挚友啊
⑬启程 ⑭到故乡 ⑮壬生义士传

2004年　印象交响组曲《哈尔的移动城堡》

2004.01.21　德间日本通讯

①神秘的世界（Mysterious World） ②移动城堡的魔法师 ③苏菲的明
天 ④男孩 ⑤移动城堡 ⑥战争·战争·战争（War War War） ⑦魔法
师的华尔兹 ⑧秘密花园 ⑨黎明的诱惑 ⑩哈尔的移动城堡（Cave of
Mind）

《哈尔的移动城堡》　原声带

2004.11.19　德间日本通讯

①–片头曲– 人生的旋转木马 ②活力充沛的轻骑兵 ③空中散步 ④心动
⑤荒地的魔女 ⑥流浪的苏菲 ⑦魔法之门 ⑧无法消除的诅咒 ⑨大扫除
⑩星星之湖 ⑪沉静的思念 ⑫在雨中 ⑬虚荣与友情 ⑭90岁的少女 ⑮莎
莉曼的魔法阵~重回城堡 ⑯秘密的洞穴 ⑰搬家 ⑱花园 ⑲快跑！ ⑳这
就是恋爱呢 ㉑家族 ㉒战火中的恋情 ㉓脱逃 ㉔苏菲的城堡 ㉕吞下星星
的少年 ㉖–片尾曲– 世界的约定~人生的旋转木马（主题曲《世界的约
定》演唱/倍赏千惠子）

2005年　《男人们的大和》　原声带

2005.12.14　FOR LIFE MUSIC

①YAMATO（演唱/长渕刚） ②大和的海 ③男人们的大和 ④发光的
海 ⑤士兵的练习曲 ⑥青春之碑 ⑦海的墓标 ⑧西沉的太阳 ⑨生的觉悟
与死的觉悟 ⑩英灵们的启程 ⑪爱之无常 ⑫落花的午后 ⑬残雪 ⑭女

人们的大和 ⑮特攻的海 ⑯惜别的辞赋 ⑰男人们的挽歌 ⑱永不回头的海 ⑲青春的巡礼 ⑳活到明天 ㉑大和号，永远地…… ㉒CLOSE YOUR EYES（演唱、作曲/长渊刚）

A CHINESE TALL STORY 情癫大圣（Original Film Soundtrack）

2005.12.20　Music Icon Records※进口盘

①情圣 主唱/谢霆锋、蔡卓妍（《情癫大圣》电影主题曲） Sacred Love ②佛光初现 Prologue/The Triumphant Entrance ③妖夜 Dogfight Over Shache ④夺命烦音 Words Are Lethal ⑤天王有难 Rout of the Four Heavenly Knights ⑥你跳我跳/爱情笨猪跳 Lover's Gambit ⑦ "等" Longing for You ⑧在下唐三藏 Yours Truly, Tripitaka ⑨大阴谋 The Conspiracy ⑩弃明投暗 Capitulation ⑪雪中送外 Twirling Snow ⑫君临天下 Alien Invasion ⑬美-艳 I Can Fly! ⑭战役爱你一万年 Help Is On The Way ⑮世界的终末 Annihilation of the Tree Spirit ⑯秘密 The Princess's Secret ⑰再闯天宫 Storming of the Celestial Court ⑱我知道 I Know ⑲回头是岸 Divine Manifestation ⑳无限的爱 A Journey West

2006年　欢迎来到东莫村　原声带

2006.10.04　UNIVERSAL SIGMA

①Welcome to Dongmakgol ②Opening ③Butterfly ④东莫村 ⑤向村子行进 ⑥N.Korea Vs S.Korea ⑦老奶奶 ⑧Love And Grenade ⑨对立 ⑩野猪 ⑪友情 ⑫华尔兹 ⑬悲伤的过去 ⑭蝴蝶的逆袭 ⑮美国军 ⑯Invasion ⑰Yeoil的死 ⑱与村民告别，踏向战场 ⑲战斗 ⑳男人们 ㉑Paradise

2007年　太阳照常升起（Original Movie Soundtrack）

2007.09.19　UNIVERSAL MUSIC HONG KONG※进口盘

①黑眼睛的姑娘-Singanushiga ②前奏曲/疯狂之开始-Prologue/When

Madness Sets In ③阿辽莎–Just Call Me Aloysha ④树上的疯子–Madman on a Tree ⑤寻找母亲–Looking for Mother ⑥母亲在何方–Where Is Mother? ⑦再一次–Here She Goes Again ⑧回忆–Reminiscence ⑨母亲的秘密小白宫–Mother's Secret Lair ⑩神奇的康复–A Miraculous Recovery ⑪母亲消失–The Mother Vanishes ⑫进行曲–The Parade ⑬心灵深处–One from Her Heart ⑭暗恋者的表白–Confession of A Secret Admirer ⑮狩猎进行曲–The Hunting Party ⑯引诱–Seduction ⑰狩猎/小白宫–The Hunt/The Lair ⑱背叛之夜–Night of the Betrayal ⑲最后的一枪9 –Final Reckoning ⑳黑眼睛的姑娘 –Singanushiga ㉑太阳照常升起–The Sun Also Rises

爱犬奇迹　原声带

2007.12.05　DREAMUSIC Inc.

①故乡 ②跟过来了…… ③小狗与小彩 ④母亲的信 ⑤爷爷隐瞒的事 ⑥对母亲的思念 ⑦新的家人 ⑧预兆 ⑨恐慌 ⑩玛莉的救出剧 ⑪倒坏 ⑫故乡的悲剧 ⑬玛莉的活跃 ⑭灾害救难队 ⑮分离 ⑯母与子 ⑰想见玛莉 ⑱小彩和亮太 ⑲家族的羁绊 ⑳魔法之杖 ㉑剪刀、石头、布 ㉒奇迹的再会 ㉓无法替代的东西 ㉔如今，在风中

2007年　太王四神记 原声带Vol. 1

2007.12.12　avex

①片头曲 ②圣战 ③谈德的主题~主题曲~ ④秀芝妮的主题~寂寞~ ⑤迦真的主题~命运版的相遇~ ⑥团结–交响乐版– ⑦敌军的攻击 ⑧谈德的主题~喜剧~ ⑨锻冶村 ⑩不信·疑惑·嫉妒 ⑪昊凯的主题 ⑫与诸神的对战 ⑬玄武的主题 ⑭谈德的主题~悲剧性~ ⑮王宫 ⑯华天会 ⑰命运–木管旋律版– ⑱谈德的主题~雄壮的~ ⑲走向胜利 ⑳命运–原创版本–㉑秀芝妮的主题–钢琴版–

2008年　太王四神记 原声带Vol.2

2008.01.25　avex

–CD–①千年恋歌/东方神起 ②谈德~悲伤~ ③秀芝妮的主题~喜剧~ ④仪式 ⑤团结–弦乐版– ⑥命运–原声版– ⑦迦真的主题~愿望~ ⑧神话 ⑨秀芝妮的主题~到黑朱雀那里去~ ⑩悲剧 ⑪时光流逝 ⑫命运–弦乐版– ⑬无法实现的恋情 ⑭黑水村 ⑮初恋 ⑯命运–钢琴&竖琴版– ⑰秀芝妮的主题–Love Theme– ⑱原谅

–DVD–①谈德的主题~主题曲~ ②千年恋歌 ③原谅

《悬崖上的金鱼姬》印象集

2008.03.05　德间日本通讯

①悬崖上的金鱼姬 演唱/藤冈藤卷、大桥望美 ②珊瑚塔 ③波妞来 ④大海母亲 Vn.Solo/丰岛泰嗣 ⑤妹妹们 演唱/Little Carol ⑥藤本的主题 演唱/藤冈藤卷 ⑦发光信号 ⑧波妞的摇篮曲 演唱/大桥望美 ⑨真实的心情 演唱/藤冈藤卷 ⑩向日葵之家的圆舞曲 演唱/麻衣

《悬崖上的金鱼姬》原声带

2008.07.16　德间日本通讯

①深海牧场 ②大海母亲 演唱/林正子 ③相遇 ④海湾城镇 ⑤久美子 ⑥波妞与宗介 ⑦空水桶 ⑧发光信号 ⑨成为人类 ⑩藤本 ⑪妹妹们 ⑫波妞的飞行 ⑬暴风雨中的向日葵之家 ⑭海浪中的波妞 ⑮波妞与宗介Ⅱ ⑯理莎的家 ⑰新家人 ⑱波妞的摇篮曲 ⑲理莎的决心 ⑳曼玛莲 ㉑流星之夜 ㉒波波船 ㉓前往喙肺鱼之海 ㉔船队行进 ㉕小宝宝与波妞 ㉖船队行进Ⅱ ㉗宗介航海 ㉘宗介的泪水 ㉙水中的城镇 ㉚母爱 ㉛隧道 ㉜辰婆婆 ㉝妹妹们大活跃 ㉞母亲与大海的赞歌 ㉟终曲 ㊱悬崖上的金鱼姬（电影版）演唱/藤冈藤卷、大桥望美

入殓师 原声带

2008.09.10　UNIVERSAL SIGMA

①Shine of Snow I ②NOHKAN ③KAISAN ④Good‐by Cello ⑤New Road ⑥Model ⑦First Contact ⑧Washing ⑨KIZUNA I ⑩Beautiful Dead I ⑪入殓师~on record~ ⑫Gui‐DANCE ⑬Shine of Snow Ⅱ ⑭Ave Maria~入殓师 ⑮KIZUNA Ⅱ ⑯Beautiful Dead Ⅱ ⑰FATHER ⑱入殓师 ~Memory~ ⑲入殓师~Ending~

2008年　我想成为贝壳　原声带

2008.11.19　UNIVERSAL SIGMA

①序幕 ②丰松的主题 ③相遇~主题曲~ ④军人训练 ⑤B29 ⑥13~大北山事件~ ⑦押送~与汐见岬告别~ ⑧判决 ⑨圣书与靴子的声音 ⑩友情I ⑪上路 ⑫友情Ⅱ ⑬汐见岬~爱怜~ ⑭执行原判 ⑮残酷 ⑯~葡萄酒~ ⑰我想成为贝壳

2009年　SUNNY ET L'ELEPHANT Original Soundtrack

2009.03.17　Cristal Records※进口盘

①Dara and Sunny, Arriving in Bangkok ②Going to Beg ③The Accident ④Rescuing Dara ⑤Poachers ⑥Return of the Patrol ⑦Happy Together ⑧Fire! ⑨Boon's Death ⑩By the River ⑪Ready to Fight ⑫Go to the Temple ⑬Waterfalls ⑭Mysteries ⑮Sunny's First Patrol ⑯Becoming a Man ⑰They Got Prisoners! ⑱So Close to Danger ⑲Escape ⑳Final Battle ㉑Baby Tigers ㉒Guilty ㉓Cool! ㉔Dara and Sunny，End Credits

NHK特别篇《坂上之云》原声带

2009.11.18　EMI MUSIC JAPAN

①Stand Alone 莎拉·布莱曼×久石让 ②时代的风 ③启程 ④故乡~松山~ ⑤青春 ⑥蹉跎 ⑦Stand Alone（Vocalise）莎拉·布莱曼×久石让

⑧最后的武士 ⑨Human Love ⑩激动 ⑪战争的悲剧 ⑫Stand Alone for Orchestra

【Bonus Track】⑬Stand Alone with Piano 莎拉・布莱曼×久石让

乌鲁鲁的森林物语　原声带

2009.12.16　UNIVERSAL SIGMA

①乌鲁鲁的森林~序幕~ ②风，捉住了 ③动物们的欢迎 ④信 ⑤家族 ⑥狼 ⑦乌鲁鲁的森林~相遇~ ⑧小小的生命 ⑨夕阳景色 ⑩乌鲁鲁 ⑪没能交出去的信 ⑫狼~预兆~ ⑬狼~自然的法则~ ⑭灭绝 ⑮我不要爸爸！~小滴的眼泪~ ⑯妈妈~昂的决心~ ⑰半夜逃走 ⑱信~留言~ ⑲狼~前往遥远的东边~ ⑳雨之洞窟 ㉑救出 ㉒跌落 ㉓父子的誓言~发光的沼泽 ㉔父亲的决断 ㉕别离~活下去！~ ㉖大自然的赞歌 ㉗妈妈~羁绊~ ㉘乌鲁鲁之歌（电影版）

2010年　恶人　原声带

2010.09.01　Sony Music Records

①深更 ②焦躁 ③哀切 ④黎明 ⑤梦幻 ⑥彷徨 ⑦恶见 ⑧昏沉 ⑨侮蔑 ⑩何故 ⑪彼方 ⑫追忆 ⑬Your Story~Vocalise~（久石让×福原美穗）⑭再生 ⑮黄昏 ⑯Your Story（久石让×福原美穗）

NHK特别篇《坂上之云》原声带2

2010.11.17　EMI MUSIC JAPAN

第一部：未收录乐曲 ①少年之国 ②饿鬼大将！真之 ③奇迹时刻 ④恶饿鬼进行曲 ⑤Stand Alone for Violin & Violoncello ⑥伤痕 ⑦侦查 ⑧狼烟 ⑨破裂的开始 ⑩最终的住处 ⑪少年之国 for Woodwinds & Strings ⑫广濑~快活的人物~

【Bonus Track】⑬Stand Alone with Piano 莎拉・布莱曼×久石让

第二部：新录音乐曲 ⑭年轻的精锐们 ⑮真之与季子 ⑯律~爱与悲伤~

⑰强国俄罗斯 ⑱阿里阿茨娜 ⑲列强与日本 ⑳奸计 ㉑慕情 ㉒开战的决意 ㉓广濑的最后 ㉔Stand Alone 演唱/森麻季（女高音）

2010年 《酵母与鸡蛋公主》原声带

2010.11.20　德间日本通讯

《舞曲（La Folía）》（维瓦尔第的主题变奏曲）①主题~第1变奏 ②第2变奏 ③第3变奏 ④第4变奏 ⑤第5变奏 ⑥终曲

2011年 《舞曲》维瓦尔第/久石让编　《酵母与鸡蛋公主》原声带

2011.02.02　德间日本通讯

①主题 ②第1变奏 ③第2变奏 ④第3变奏 ⑤第4变奏 ⑥第5变奏 ⑦终曲

双重国度漆黑的魔导士　原声带

2011.02.09　KING RECORDS

①双重国度主题曲 ②开始的早晨 ③赫特律小镇 ④事件发生 ⑤艾莉~追忆~ ⑥泪滴 ⑦强大的魔法 ⑧原野 ⑨猫国的地下城 ⑩沙漠王国的街道 ⑪帝国进行曲 ⑫危机 ⑬紧迫 ⑭战斗 ⑮漆黑的魔导士贾波 ⑯幻兽 ⑰迷宫 ⑱决战 ⑲最后一站 ⑳奇迹~再会~ ㉑心之碎片

The Best of Cinema Music

2011.09.07　UNIVERSAL SIGMA

①NAUSICAÄ（出自电影《风之谷》）　②Princess Mononoke（出自电影《幽灵公主》）　③THE GENERAL（出自电影 *THE GENERAL*）　④Raging Men（出自电影 *BROTHER*）　⑤HANA–BI（出自电影 *HANA–BI*）⑥Kids Return（出自电影 *Kids Return*）　⑦Let The Bullets Fly（出自电影《让子弹飞》）　⑧Howl's Moving Castle（出自电影《哈尔的移动城堡》）　⑨One Summer's Day（出自电影《千与千寻》）　⑩Summer（出自电影《菊次郎的夏天》）　⑪Villain（出自电

影《恶人》） ⑫Ashitaka and San（出自电影《幽灵公主》） ⑬My Neighbour TOTORO（出自电影《龙猫》）

NHK特别篇《坂上之云》原声带3

2011.11.09　EMI MUSIC JAPAN

第三部：新录音乐曲 ①第三部 序章 ②孤影悄然 ③大地与生命 ④炼狱与赎罪 ⑤二人的将领 ⑥绝望的堡垒~从二〇三高地站起~ ⑦海与生命 ⑧今日晴空万里 波澜壮阔 ⑨AIR ⑩命运的险地 ⑪日本海海战 ⑫终曲 ⑬Stand Alone 久石让×麻衣

第一部：未收录乐曲 ⑭少年之国Ⅲ ⑮梦 ⑯Stand Alone for Clarinet & Glockenspiel

第二部：未收录乐曲 ⑰大英帝国的主题 ⑱怪物们的盛宴 ⑲红色的花 附赠曲目：⑳Stand Alone with Piano 莎拉·布莱曼×久石让 ㉑Saka No Ue No Kumo

2012年 NHK特别篇《坂上之云》原声带总集

2012.02.22　EMI MUSIC JAPAN

① Stand Alone for Orchestra ②时代的风 ③启程 ④青春 ⑤ Human Love ⑥Stand Alone（Vocalise）莎拉·布莱曼×久石让 ⑦少年之国 ⑧阿里阿茨娜 ⑨最终的住处 ⑩广濑的最后 ⑪Stand Alone 演唱/森麻季（女高音） ⑫第二部 序章 ⑬绝望的堡垒~从二〇三高地站起~ ⑭今日晴空万里 波澜壮阔 ⑮日本海海战 ⑯Stand Alone 久石让×麻衣 附赠曲目：⑰Saka No Ue No Kumo

空中之花：长冈花火物语 原声带

2012.05.20　PSC

①空中之花（作主题曲/久石让） ②从战场来的信 ③柿川少女的记忆 ④东日本来的少年 ⑤在故乡生活 ⑥1945年8月1日敌机来袭 ⑦想象力

与死与生 ⑧空袭与舞蹈与母亲 ⑨萨克斯演奏燃烧弹（作曲、演奏/坂田明） ⑩自然灾害与空中盛开的花 ⑪祈祷与再生的叙事诗 ⑫还赶得上战争吗？ ⑬烟火（作曲、演奏/PASCALS） ⑭将全世界的炸弹都变为烟火 ⑮离别只有一次 ⑯遥远的夏天（作曲、演唱/伊势正三）&向这个天空祈祷（作片尾曲/久石让）

【Bonus Track】⑰遥远的夏天（演唱用乐曲） ⑱空中之花（作曲/久石让）

天地明察　原声带

2012.09.12　UNIVERSAL SIGMA

①序幕 ②好奇心 ③初手天元 ④真剑胜负 ⑤预感 ⑥园 ⑦北极出地–开始– ⑧星星的神之孩子 ⑨巧妙的误问 ⑩北极出地–不稳– ⑪北极出地–建部– ⑫任命 ⑬观测 ⑭确信 ⑮三历胜负 ⑯袭击 ⑰挫折 ⑱婚礼 ⑲发现 ⑳敕使 ㉑约定 ㉒最终胜负 ㉓决断 ㉔命运时刻 ㉕天地明察 ㉖安魂曲 ㉗TENCHI MEISATSU

2013年　东京家族　原声带

2013.01.16　UNIVERSAL SIGMA

①序幕 ②初次的东京 ③夫妇 ④丘之公园 ⑤东京观光 ⑥鳗鱼店的亲子 ⑦宾馆 ⑧观光车 ⑨孤独 ⑩致年轻人们 ⑪约定 ⑫母亲的死 ⑬在医院的天台上 ⑭给纪子 ⑮东京家族

Ni no Kuni: Wrath of the White Witch–Original Soundtrack

2013.02.01　WAYO RECORDS※进口盘

Disc 1 ①Ni no Kuni: Doninion of the Dark Djinn–Main Theme ②One Fine Morning ③Motorville ④The Accident ⑤In Loving Memory of Allie ⑥Drippy ⑦Magic with Oomph ⑧World Map ⑨Ding Dong Dell–The Cat King's Castle– ⑩Al Mamoon–Court of the Cowlipha– ⑪Imperial

March ⑫Crisis ⑬Tension ⑭Battle ⑮Shadar, the Dark Djinn ⑯A Battle with Creatures ⑰Labyrinth ⑱The Lead–Up to the Decisive Battle ⑲The Showdown with Shadar ⑳Miracle–Reunion– ㉑Kokoro no Kakera（Japanese Version）

Disc 2 ①Ni no Kuni: Wrath of the White Witch–Main Theme– ②The Fairyground ③Mummy's Tummy ④Battle Ⅱ ⑤The Horror of Manna ⑥Unrest ⑦Blithe ⑧Sorrow ⑨The Zodiarchs ⑩The Final Battle Against the White Witch ⑪The Wrath of the White Witch ⑫Kokoro no Kakera–Pieces of a Broken Heart–（English Version）

2013年 女信长 原声带

2013.04.03　PONY CANYON

①从西班牙来的使者 ②绝体绝命 ③奇袭 ④女信长 ⑤命运之子 ⑥作为嫡子 ⑦可怜的宿命 ⑧暴君 ⑨御浓 ⑩父亲的死亡 ⑪信长诞生 ⑫野心 ⑬交战 ⑭城堡城市 ⑮恋慕之情 ⑯京上洛 ⑰服部半藏 ⑱奏爱 ⑲御市 ⑳明智光秀 ㉑天命 ㉒信长的哀伤 ㉓决战 ㉔好似地狱 ㉕最强敌人~武田军~ ㉖悲壮的决心 ㉗信长和光秀 ㉘本能寺~爱的主题~ ㉙家康的初恋 ㉚从信长那里解放出来 ㉛崭新的时代

《奇迹的苹果》原声带

2013.06.05　UNIVERSAL SIGMA

①奇迹的苹果 ②命运的开始 ③母亲的话 ④东京的天空 ⑤婚礼之夜 ⑥津轻的风景诗 ⑦安全的代价 ⑧幸福来访 ⑨通往解答的入口 ⑩挑战的开始 ⑪试练来访 ⑫挑战的决心 ⑬拉包尔的记忆 ⑭充满挑战的每一天 ⑮噩梦 ⑯三等分的思念 ⑰约定之光 ⑱现实的地狱 ⑲雏子倒下 ⑳黄昏里的背影 ㉑漆黑的出口 ㉒人类的证明 ㉓再度挑战 ㉔山穷水尽 ㉕感谢的话 ㉖小小的希望 ㉗挑战的继续 ㉘苹果的轨迹

NHK特别篇《深海的巨大生物》原声带

2013.06.26　UNIVERSAL SIGMA

第一部　①NHK特别篇深海主题曲 ②迷&浪漫的引诱 ③海的主题 ④科学家们 ⑤世纪大调查 ⑥潜水开始 ⑦神秘的海中世界 ⑧首度发现 ⑨Second Contact ⑩挑战 ⑪大王乌贼的主题 ⑫返回深海 ⑬达成~主题曲~

第二部　⑭海里居住的巨大生物 ⑮奇迹大陆日本 ⑯难解之谜 ⑰海洋的生命力 ⑱深海的强者 ⑲科学家们~爱~ ⑳巨口鲨主题曲 ㉑轮回 ㉒NHK特别篇深海片尾曲

《起风了》声带

2013.07.17　德间日本通讯

①旅途（梦中飞行） ②流星 ③卡普罗尼（设计师之梦） ④旅途（决心） ⑤菜穗子（相遇） ⑥避难 ⑦恩人 ⑧卡普罗尼（梦幻巨型机） ⑨闪烁 ⑩旅途（妹妹） ⑪旅途（第一天上班） ⑫猎鹰团队 ⑬猎鹰 ⑭容克斯 ⑮旅途（意大利的风） ⑯旅途（卡普罗尼的引退） ⑰旅途（轻井泽的邂逅） ⑱菜穗子（命运） ⑲菜穗子（彩虹） ⑳卡斯特鲁普（魔山） ㉑风 ㉒纸飞机 ㉓菜穗子（求婚） ㉔八试特殊侦察机 ㉕卡斯特鲁普（分离） ㉖菜穗子（想见你） ㉗菜穗子（重逢） ㉘旅途（结婚） ㉙菜穗子（眼神） ㉚旅途（分离） ㉛旅途（梦之王国） ㉜飞机云（词曲/荒井由实）

《辉夜姬物语》声带

2013.11.20　德间日本通讯

①序曲 ②光 ③小公主 ④生的欢喜 ⑤萌芽 ⑥从竹子中诞生的孩子 ⑦生命 ⑧山村 ⑨衣 ⑩启程 ⑪秋天的果实 ⑫弱竹 ⑬习字 ⑭生命之庭 ⑮宴会 ⑯绝望 ⑰春天来临 ⑱美琴的旋律 ⑲春之华尔兹 ⑳乡愁 ㉑贵族狂想曲 ㉒真心 ㉓蝉夜 ㉔月的不可思议 ㉕悲伤 ㉖命运 ㉗月之都

㉘归乡 ㉙飞翔 ㉚天人的音乐I ㉛别离 ㉜天人的音乐II ㉝月 ㉞生命的记忆（演唱/二阶堂和美）

【Bonus Track】㉟弹琴 ㊱童谣（作曲/高畑勋） ㊲天女的歌（作曲/高畑勋）

2014年　小小的家　原声带

2014.01.22　UNIVERSAL SIGMA

①序幕 ②我的奶奶 ③进京 ④红色屋顶的家 ⑤昭和 ⑥多喜与时子 ⑦风雨无阻 ⑧南京陷落 ⑨腊月 ⑩正治与恭一 ⑪暴风雨之夜 ⑫多喜的幸福 ⑬真正的地方 ⑭多喜的悲伤 ⑮开战 ⑯事件 ⑰告别 ⑱信 ⑲B29 ⑳板仓正治纪念馆 ㉑时效 ㉒小小的家

2014年　Ghibli Best Stories　吉卜力精选集

2014.03.12　UNIVERSAL SIGMA

①One Summer's Day ②Kiki's Delivery Service ③Confessions in the Moonlight ④The Wind Forest ⑤朝向谷里的道路 ⑥Fantasia（for NAUSICAÄ） ⑦il porco rosso ⑧Ponyo on the Cliff by the Sea ⑨大海母亲 ⑩人生的旋转木马–Piano Solo Ver.– ⑪幽灵公主 ⑫阿席达卡与珊 ⑬My Neighbour TOTORO

石榴坡的复仇　原声带

2014.09.17　UNIVERSAL SIGMA

①噩梦 ②夫妇 ③敬爱 ④预兆 ⑤宿命 ⑥悲怆 ⑦决意 ⑧本怀 ⑨苛责 ⑩本分 ⑪安息 ⑫时代 ⑬前夜 ⑭永远 ⑮悔恨 ⑯寒椿 ⑰邂逅 ⑱逡巡 ⑲觉悟 ⑳出发

2015年　辉夜姬物语~女声三部合唱~

2015.01.21　德间日本通讯

①竹子中诞生的辉夜姬（作词/高畑勋 作曲、编曲/久石让） ②童谣（作词/高畑勋、坂口理子 作曲/高畑勋 编曲/久石让）

2016年 《家族之苦》原声带

2016.03.09 UNIVERSAL SIGMA

①开始 开始 ②家族之苦序曲 ③什么呀 ④宪子小姐 ⑤乱撒气 ⑥回家 ⑦爱情故事 ⑧受害人 ⑨我想和你结婚 ⑩侦探事务所 ⑪担心 ⑫多谢了 ⑬可怜的爸爸 ⑭潜入调查 ⑮意料之外的再会 ⑯老同学 ⑰我是认真的 ⑱闷酒 ⑲家庭会议 ⑳富子的告白 ㉑工薪阶层 ㉒吃软饭的丈夫 ㉓视而不见！ ㉔犹豫 ㉕以防万一 ㉖孙子 ㉗"是~" ㉘空房子 ㉙给爸爸 ㉚周造的告白 ㉛家族之苦

电影配乐/CINEMA

※按发布时间排列。部分外国作品资料不详。

1984年	《风之谷》原作、剧本、导演/宫崎骏
	《W的悲剧》原作/夏树静子　剧本/荒井晴彦·泽井信一郎　导演/泽井信一郎
1985年	《早春物语》原作/赤川次郎　导演/泽井信一郎
	《春之钟》原作/立原正秋　导演/藏原惟缮
1986年	《亚里安》原作、导演/安彦良和
	《热海杀人事件》原作、剧本/塚公平　导演/高桥和男
	《天空之城》原作、剧本、导演/宫崎骏
	《相聚一刻》原作/高桥留美子　导演/泽井信一郎
1987年	《恋人们的时刻》原作/寺久保友哉　导演/泽井信一郎
	《漂流教室》原作/楳图一雄　导演/大林宣彦
	《情系铁骑》原作、剧本/金原峰雄　导演/舛田利雄

　　　　　　《神犬松五郎》原作/井上厦　导演/后藤秀司

1988年　　《龙猫》原作、剧本、导演/宫崎骏

　　　　　　《极道渡世的每个好人》原作/安部让二　导演/和泉圣治

　　　　　　《绿色安魂曲》原作/新井素子　导演/今关秋吉

1989年　　《金星战记》原作、导演/安彦良和　剧本/安彦良和、笹本祐一

　　　　　　《魔女宅急便》原作/角野荣子　剧本、导演/宫崎骏

　　　　　　《钓鱼迷日志2》原作/山崎十三、北见健一　导演/栗山富夫

1990年　　《人狗奇缘物语》原作/圆山俊二　导演/后藤秀司

　　　　　　《塔斯马尼亚物语》剧本/金子成人　导演/降旗康男

　　　　　　《回来》原作/安部让二　剧本、导演/石松葛兹

1991年　　《仔鹿物语》剧本/胜目贵久、泽田幸弘　导演/泽田幸弘

　　　　　　《两个人》原作/赤川次郎　导演/大林宣彦

　　　　　　《福泽谕吉》导演/泽井信一郎

　　　　　　《那年夏天，宁静的海》剧本、导演/北野武

1992年　　《红猪》原作、剧本、导演/宫崎骏

　　　　　　《青春摇滚》原作/芦原直昭　导演/大林宣彦

1993年　　《远远乡愁》原作/山中恒　剧本、导演/大林宣彦

　　　　　　《奏鸣曲》剧本、导演/北野武

　　　　　　《水之旅人~侍Kids》原作、剧本/末谷真澄　导演/大林宣彦

1994年　　《花样年华》原作/丸谷才一　导演/大林宣彦

1996年　　《坏孩子的大空》剧本、导演/北野武

1997年　　《寄生体夏娃》原作/濑名秀明　剧本/君冢良一　导演/落合正幸

　　　　　　《幽灵公主》原作、剧本、导演/宫崎骏

1998年　　*HANA-BI* 剧本、导演/北野武

　　　　　　《时雨之记》原作/中里恒子　剧本/伊藤亮二、泽井信一郎　导演/落
合正幸

1999年　　《菊次郎的夏天》剧本、导演/北野武

2000年　　《初恋》剧本/长泽雅彦　导演/篠原哲雄

《川流不息》剧本/远藤察男、秋元康　导演/秋元康

2001年　*BROTHER*　剧本、导演/北野武

《千与千寻》原作、剧本、导演/宫崎骏

《Quartet四重奏》剧本/长谷川康夫、久石让　导演/久石让※久石让
导演的第一部作品

2001年　《Le Petit Poucet（小拇指的冒险火红的魔靴）》【法国】　原作/Charles
Parrault　导演/Olivier Dahan

2001年　*4 MOVEMENT*　导演/久石让

2002年　《梅与小猫巴士》【短篇】　原作、剧本、导演/宫崎骏

Dolls　剧本、导演/北野武

2003年　《壬生义士传》原作/浅田次郎　导演/泷田洋二郎

Castle in the Sky【北美版】※迪士尼北美版《天空之城》原作、剧
本、导演/宫崎骏　音乐重新录音

2004年　《哈尔的移动城堡》原作/黛安娜·W.琼斯　剧本、导演/宫崎骏

2004年　*The General*　导演、剧本、主演/Buster Keaton

2005年　《欢迎来到东莫村》【韩国】　剧本/张镇　导演/朴光贤※日本上映时间
2006.10.28

《男人们的大和/YAMATO》原作/边见纯　剧本、导演/佐藤纯弥

《情癫大圣》【中国香港】　导演/刘镇伟※日本未上映

2006年　《姨妈的后现代生活》【中国】　导演/许鞍华

2007年　《爱犬奇迹》原作/桑原真二、大野一兴　导演/猪股隆一

2007年　《太阳照常升起》【中国】　导演/姜文

2008年　《悬崖上的金鱼姬》原作、剧本、导演/宫崎骏

《入殓师》剧本/小山薰堂　导演/泷田洋二郎

《我想成为贝壳》原作/加藤哲太郎　剧本/桥本忍　导演/福泽克雄

2008年　*Sunny et L'elephant*【法国】　导演/Frederic Lepage※日本未上映

2009年　《乌鲁鲁的森林物语》剧本/吉田智子、森山明美　导演/长沼诚

2010年　《恶人》原作·剧本/吉田修一　剧本、导演/李相日

《酵母与鸡蛋公主》【短篇】 原作、剧本、导演/宫崎骏

《海洋天堂》【中国】 导演、剧本/薛晓路※日本上映时间 2011.07.09

《让子弹飞》主题曲【中国】 导演/姜文※日本上映时间 2012.07.06

2011年 《肩上蝶》【中国】 导演/张之亮※日本未上映

2012年 《空中之花：长冈花火物语》主题曲 剧本/长谷川孝治、大林宣彦
导演/大林宣彦

《天地明察》原作/冲方丁 剧本/加藤正人、泷田洋二郎 导演/泷田
洋二郎

2013年 《东京家族》剧本/山田洋次、平松惠美子 导演/山田洋次

《奇迹的苹果》原作/石川拓治 剧本/吉田实似、中村义洋 导演/中
村义洋

《拉面之神~东池袋大胜轩50年的秘密~》片尾曲 导演/印南贵史

《起风了》原作、剧本、导演/宫崎骏

《甜心巧克力》【中国】 剧本/汤迪、米子 导演/筱原哲雄※日本
上映时间 2016.03.26

《辉夜姬物语》原作/《竹取物语》 剧本/坂口理子 原案、剧本、导
演/高畑勋

2014年 《小小的家》原作/中岛京子 剧本/山田洋次、平松惠美子 导演/山
田洋次

《石榴坡的复仇》原作/浅田次郎 剧本/高松宏伸、饭田健三郎、长谷
川康大 导演/若松节朗

2016年 《家族之苦》剧本/山田洋次、平松惠美子 导演/山田洋次

2017年 《花战》原作/鬼冢忠 剧本/森下佳子 导演/筱原哲雄

电视节目配乐/TELEVISION

1989年 NHK特别篇《惊异的小宇宙·人体》

1991年	富士台《NASA 从未来掉落的男人》
1992年	富士台《大人不会懂的》片头曲《只看到了你》片尾曲《Tango X.T.C.》
1993年	NHK特别篇《惊异的小宇宙·人体Ⅱ 脑与心》
1993年	北海道电视广播台《人类构想特别节目 森林歌唱的那天，鱼儿回家》
1994年	NHK晨间剧《钢琴》
1995年	NHK高清剧场《天空梦辉 手冢治虫的夏天》
1995年	关西电视台《苏醒的森之巨人~刚果·猩猩孤儿救助中心的积累~》
1996年	信州电视台开台15周年纪念节目《与美丽的大地一起~生于上高地的怀抱~》
1997年	日本电视台《周五路秀》开场曲 Cinema Nostalgia
1998年	Bs.i《大非洲》，大非洲4《王国》※本人出演
1999年	NHK特别篇《惊异的小宇宙·人体Ⅲ基因》
2002年	NHK高清剧场《风之盆》
2003年	NHK《世界美术馆纪行》主题曲 Musée imaginaire
2004年	NHK高清剧场《七子和七生》
2004年	NHK系列节目世界遗产100主题
2005年	TBS电视台战后60周年特别企划《广岛》 主题曲《生命的名字》作曲、钢琴/久石让 作曲/觉和歌子 演唱/平原绫香
2005年	MBS每日放送美丽的京都遗产 Legend
2006年	东京电视台《家族的时间》主题曲
2006年	韩国大河剧《太王四神记》（全24话）（2007年~NHK BS，2008年~NHK综合放送）
2009年	NHK《第60回 NHK 红白歌合战》主题曲《歌之力》
2009年	日本电视台《箱根站传》主题曲 Runner of the Spirit
2009~2011年	NHK特别篇《坂上之云》（全13回）
2013年	NHK特别篇《世界首度拍摄！深海的巨大乌贼》
2013年	富士台两晚连续播放特别剧场《女信长》

2013年	NHK特别篇《深海的巨大生物 谜一般的海底鲨鱼王国》
2013年	富士台《长谷川町子物语~海螺小姐出生的那天~》主题曲
2015年	朝日电视台《无题音乐会》主题曲Untitled Music
2016年	NHK特别篇《深海 第一集 潜入! 深海大峡谷 发光生物的王国》

广告商业配乐/COMMERCIAL

SYNTAX ERROR　佳丽宝化妆品《XAUAX》

MEBIUS LOVE　住友3M《SCOTEH 盒式磁带盘》

DA·MA·SHI·绘　三井不动产《梦生活》

CERAMIC BEAT　日产《贵夫人Z》

WHITE SILENCE　资生堂UV净白

A VIRGIN & THE PIPE–CUT MAN　东海生物管

THE WINTER REQUIEM　马自达 Familia 4WD

OUT OF TOWN　佳能 CANOVISION8

794BDH　马自达 Familia 4WD

PÚFF ÁDDER　小西六柯尼卡望远王

A RAINBOW IN CURVED MUSIC　东洋橡胶工业 TOYO TIRES TRAMPIO

A Ring of the Air　电力企业联合会企业PR

SYNTAX ERROR II　日经产业新闻

ZTD　日产《贵夫人Z》

CLASSIC　三得利 Classic

FROWER MOMENT　奥林巴斯OM2

月之沙漠少女（选自歌剧《采珍珠》）　日立

Sunny Shore　日产Sunny

Dream　三得利《山崎》

Angel Springs　三得利《山崎》

Friends　丰田《皇冠马杰斯塔》

全日空ANA B-777宣传

Nostalgia　三得利纯麦芽威士忌《山崎》

Summer　丰田Crown Majesta

Happin' Hoppin'　麒麟麦酒《麒麟精酿生啤》

Silence　邓禄普VEURO※本人出演

Ballet au lait　全国牛奶普及协会

a Wish to the Moon　麒麟麦酒《麒麟精酿生啤》

妈妈的照片　好侍食品《家里吃系列》

Asian Dream Song　丰田《卡罗拉》

Ikaros　东鸠食品《焦糖爆米花》

Oriental Wind　三得利《京都福寿园伊右卫门》

Spring　倍乐生公司《进研研讨班》

I will be　日产NEW SKYLINE（演唱/麻衣）

Woman~Next Stage~　蕾俪昂

Venuses　佳丽宝《一发》

三泽住宅　三泽住宅《Simple & Smart篇》

Adventure of Dreams　日清食品《日清杯面》

快乐之声（Happy Voice）　JA共济《幸福的天使篇》

Tokyu Group2010　东急集团

LIFE　中部电力

PEKO酱之歌　不二家创立100周年主题曲（演唱/森高千里）

MAZDA BGM~Heart of Mazda~　马自达《全球品牌化运动》

明日之翼　JAL《飞向明日的天空，日本之翼篇》

伊右卫门　三得利新主题曲《京都福寿园伊右卫门》

Overture-序曲-　ORIX不动产《大阪响街》

Dream More　三得利高级精酿啤酒大师之梦

瑞穗　瑞穗金融集团

东北电力　东北电力《陪伴在身边的力量》

三井不动产　三井不动产*TOP OF DESIGN*

书籍/BOOK

1992年　《I am——遥远的音乐之路》（Media Factory）

1994年　*Paradise Lost*（Paroru-sha）

2006年　《感动，如此创造》（角川书店）

2007年　《久石让35mm日记》（宝岛社）

2009年　《用耳朵思考》养老孟司×久石让（角川书店）

其他/OTHERS

1987年　OVA《机器人嘉年华》

1998年　长野残奥会主题曲《启程之时~Asian Dream Song~》

2001年　俱知安町100周年庆影像*NATURAL WONDER LANDKUTCHAN*

2004年　美丽未来博角色歌《永远的心》，幻想曲*4 MOVEMENT*

2007年　CoFesta（日本国际文化产品展）主题曲*Links*

2007年　万人贝多芬"第九"音乐会25周年纪念序曲*Orbis*

2008年　音乐会《久石让在武道馆~与宫崎骏动画共同走过的25年~》

2008年　祝祭音乐剧《图兰朵》

2008年　柚子乐队*WONDERFUL WORLD*交响乐、指挥

2010年　游戏《双重国度漆黑的魔导士》任天堂DS

2010年　SMAP *We are SMAP!*作曲

2011年　游戏《双重国度白色圣灰的女王》PlayStation3

2011年　舞台剧《希夷之大理》（导演/陈凯歌）主题曲《真爱深深》

2012年	《维梅尔光之王国展》~*Vermeer & Escher*
2012年	富山县歌《故乡的天空》
2013年	日本电视台60周年庆《特别展京都》主题曲《忏悔》
2013年	J−WAVE二十五周年广播剧《伊莎贝尔·伯德的日本纪行》
2014年	富士急HighLand《富士飞行社Mt.Fuji》
2015年	Band维新2015委托作曲*Single Track Music 1*
2015年	非营利组织Music Sharing *MIDORI Song*
2015年	读卖日本交响乐团委托作曲《低音提琴协奏曲》（低音提琴独奏/石川滋）
2015年	栃木市市歌《栃木市民之歌——迈向明天的希望》
2016年	游戏《忍者噩梦》主题曲*Nightmare*
2016年	游戏《双重国度Ⅱ亡者国度》